Elegant Death

NOCHES PERFECTAS

Editores independientes

Colección NOCHES PERFECTAS

Edición Especial 2024. Editores independientes

Noches Perfectas
ELEGANT DEATH

Cualquier forma de reproducción, distribución, comunicación pública o transformación de esta obra puede ser realizada con la autorización de sus titulares, salvo excepción prevista por la ley. Diríjase a las direcciones de contacto si desea realizar algún comentario, observación u obtener más información.

© Elegant Death [elegantdeath90@gmail.com]
© María Aurora Bretos Lana [mariabretoslana@gmail.com]
© Marcos Ramón Berduque [mrberduque@gmail.com]

Made in Spain

SOBRE EL AUTOR

Tomarás decisiones que no te llevarán a ningún camino, pero te enseñarán algo nuevo, así que hay que explorar sin miedo distintos caminos.
Elegant Death

Elegant Death es una persona tranquila, serena e inteligente. Le gusta el orden y la calma, considerando el silencio como un arma poderosa. La escritura y la música son sus dos grandes pasiones, aunque la física y el espacio, principalmente, le mantienen atrapado en su universo de sabiduría. Fiel amante de los paseos rutinarios por los bosques en los que vive, Elegant encuentra paz y felicidad hablando con sus amigos, aun estando a cientos de kilómetros. Su discreción y su forma de ser resaltan su elegancia, siendo esta su palabra favorita.

Todas las creaciones literarias que se presentan en este libro son propiedad de Elegant Death, seudónimo escogido por el autor para publicar esta obra.

SOBRE LOS COLABORADORES ⟩

Cada día es único y aporta experiencias para crecer y aprender.
María Aurora Bretos Lana

María "MB" es dibujante aficionada y ha realizado las ilustraciones de *Noches Perfectas*, además de colaborar en el diseño. María es una apasionada del mundo empresarial, la escritura y el arte. Curiosa, constante y creativa, ella se siente artista solo si su trabajo llega al corazón de quien lo contempla.

Para mí, un libro es más que una historia: es una confesión.
Marcos Ramón Berduque

Marcos "Mark" es redactor en una revista online de literatura juvenil y ha participado en la revisión y edición de *Noches Perfectas*. Risueño, perseverante y con una gran escucha activa, Marcos considera que la literatura es una forma mágica de enseñar que, como profesor de primaria, le fascina cada día más.

Para mi familia y amigos.

Nunca rompas el silencio si no es para mejorarlo.
Ludwig van Beethoven

NOCHES PERFECTAS

ÍNDICE

Bella Luna	3
La dama del alba	5
Melodías del alma	7
Hola	9
Mi bella flor	11
Las obras de tu mirada	14
Noches vacías	16
La perfección de mi amada	18
Mi bella amada	20
Abismo	22
Retrato	24
Masoquista sentimental	26
Huellas de deseo	28
Marioneta	30
Amargos tragos	32
Noches perfectas	34
El beso de la muerte	37
Entre la razón y el corazón	39
Amor eterno	41
Noches silenciosas	43
Noches solitarias	45
Veneno placentero	47
Melancolía invernal	49
Mirada preciosa	51

Entre el amor y el olvido 53

Carta de amor a mi amada 55

Marioneta del corazón 58

Marioneta de la razón 60

Té de vainilla 63

Tardes de verano 66

Sonrisas robadas 69

Lluvia de verano 73

Romance aromático 76

Quasi una fantasia: Romance lunar 79

La Lluvia y yo 82

Vulnerabilidad elegida 85

La nostalgia 88

La alarma del poeta 90

TÉCNICAS ARTÍSTICAS 93

AGRADECIMIENTOS 96

BELLA LUNA

Luna,

Bella Luna,

    tú que desde mi infancia

    iluminaste mis noches más oscuras,

    derramando luz sobre mis sentimientos,

    inspirándome en todo lo que soy ahora.

Quiero expresarte que

no te percibo como un simple satélite,

sino como el cuerpo más hermoso en el universo.

De entre todos los polvos de estrellas,

estás compuesta por los más bellos y perfectos.

Deseo agradecerte por estar siempre presente

cuando levanto la vista al cielo para suspirar.

LA DAMA DEL ALBA

Mi bella dama del alba,

tu sonrisa me cautiva como las sinfonías de Beethoven.

Tu mirada, tan llena de inocencia,

brilla con el resplandor de las estrellas perdidas.

Tus labios, tan coloridos,

esclavizan a todo aquel que osa besarlos.

Tus senos, hacen palpitar

mi joven y alegre corazón de enamorado.

Navegando por tu cuerpo, me hallo perdido

como un marinero en la inmensidad del océano.

Melodías del alma

Últimamente escribo muchas notas,

pero al final, siempre acabo borrándolas

esperando así que se lleven estos sentimientos con ellas.

¿Qué me está sucediendo últimamente?

No logro encontrarme a mí mismo.

Me siento perdido en el vacío del mar.

Oh, Luna, compañera hermosa,

llenando mi corazón vacío con tu bella belleza,

traes serenidad a mi atormentado ser,

como una blanca paloma volando

en un cielo gris dominado por cuervos negros.

Oh, Beethoven, admirando tu Claro de Luna,

las palabras no ven los sentimientos,

y, aun así, intentan dibujarlos,

como tiza blanca desgastada

en la pizarra de la vida.

HOLA

Hola, soy la partícula que te forma.

La que te hace pensar y la que te hace sentir.

Nací mucho antes que tú,

y formé a muchos antes que a ti.

Estaré mucho después de ti,

y formaré a muchos después de ti.

No puedes verme, ni sentirme,

pero estoy en cada rincón de ti.

Pensarás que eres afortunado,

pero solo nos une la casualidad.

No creerás en la casualidad,

pero estas aquí por ella.

Todo se simplifica en eso,

como lo que hizo que te enamoraras de esa persona.

Podrás odiarla, pero sin ella

yo no estaría aquí

y sin mí, tú no estarías aquí.

Mi bella flor

¿Quién dice que deba ceder ante tu influencia?

Si lo hago, dejaré de ser como soy

y seré como quieres que sea.

Y dejarás de desearme,

porque ya seré otro esclavo más,

otro cálido corazón con el que intentar derretir el tuyo.

Ya perdí la batalla contra tu fiel soldado Cupido.

Jamás me someteré a ti,

sin importar qué tan bella y elegante seas.

Si no puedo tenerte libre,

entonces no te quiero

estando sometido.

Si me niegas mi libertad,

entonces

solo me dedicaré a observarte.

¿Quién dice que una bella flor

deba ser arrancada de su amada naturaleza

para apreciar su belleza?

LAS OBRAS DE TU MIRADA

Al ver tu mirada,

mi sensación es como si contemplara

una obra de arte perfecta.

Cada

    pestañeo

        es

            una

                sinfonía.

El director,

    tus párpados componiendo la melodía.

Los músicos,

    los latidos de mi corazón.

La música,

    los distintos ritmos de mi alma.

El resultado,

    una obra que ni Beethoven

    es capaz de componer.

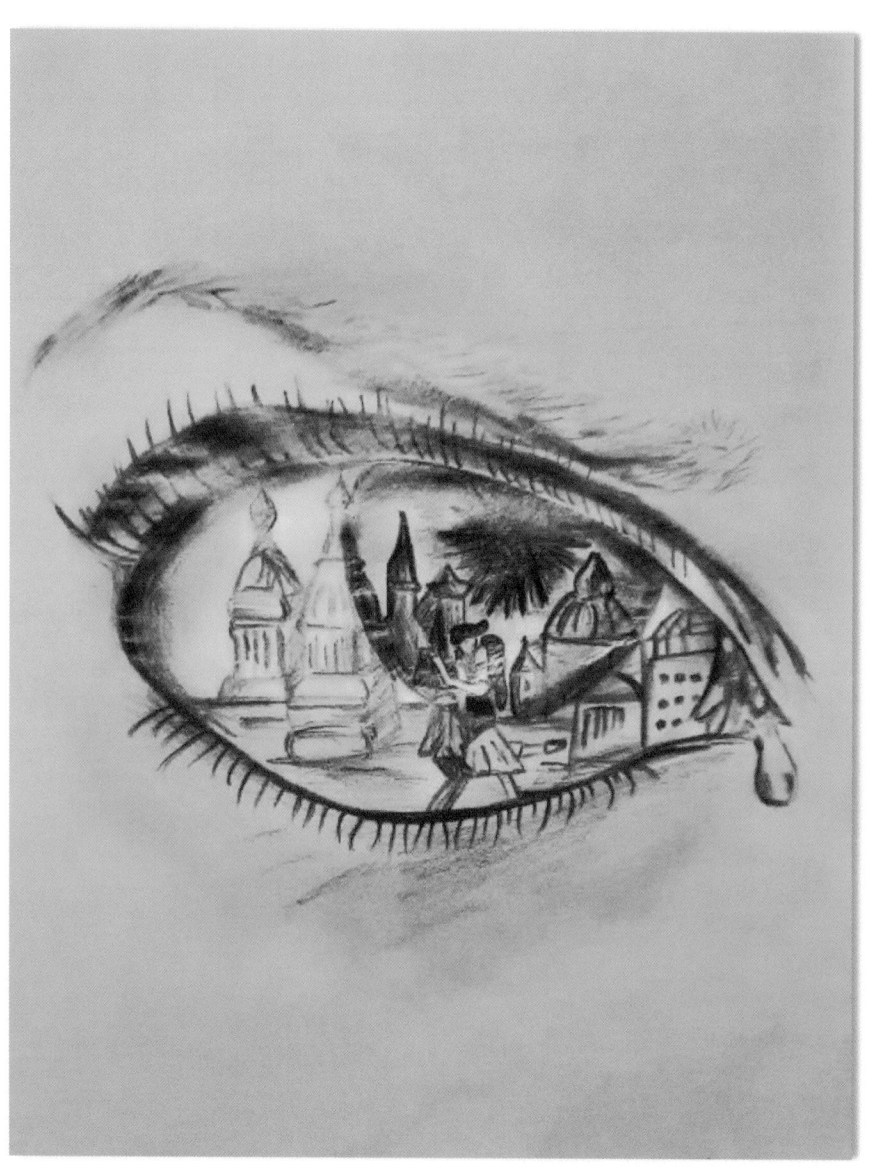

NOCHES VACÍAS

Son estas las noches en las que realmente

aprecio que estés ahí.

Echo de menos tus besos,

tus caricias,

tu mirada,

esa blanca sonrisa que despierta la felicidad en mí.

Esas noches de luna llena, cielo estrellado

y alguna que otra estrella fugaz.

¿Es eso nuestro amor?

¿   F   u   g   a   z   ?

No, no lo es.

Es algo especial, mágico.

Tú misma, eres mágica.

LA PERFECCIÓN DE MI AMADA

¿Qué te hace ser tan especial?

¿Lo eres solo para mí o para todos?

Si lo eres, ¿por qué es?

¿Es por tu increíble cuerpo?

¿Por tu hermosa sonrisa?

¿Por tu belleza, que de alguna manera veo infinita?

¿O simplemente, es así?

- No lo sé.

Lo único que sé es que, te veo especial y única.

Dicen que nadie es perfecto,

pero yo me atrevo a declarar

que tú eres perfecta,

porque nadie es

como tú.

MI BELLA AMADA

Mi bella amada,

tu sonrisa me derrite como la primavera al invierno.

En tu mirada hallo la esencia de las estrellas.

Tus lágrimas son las lluvias que riegan

a las más perfectas rosas de la primavera.

No hay duda de que eres mi más preciada flor.

    Naciste   en su pleno

esplendor para darle   un toque de perfección.

Toque de perfección que hizo derretir mi

corazón de invierno. Sin ti,

la primavera

no sería

igual.

ABISMO

Mi querida amada,

quiero dejar de pensar en ti.

No deseo encontrarme nuevamente en ese oscuro agujero,

donde mi única fuente de luz es el brillo de tu sonrisa.

Allí, oculto y esclavo de mis sentimientos,

encontré la forma de embellecerlo.

Finalmente lo logré.

Incluso conseguí convertirlo en un lugar agradable,

hasta que regresaste.

Esa sutil sonrisa,

    esa mirada,

    esa elegancia,

mi perdición.

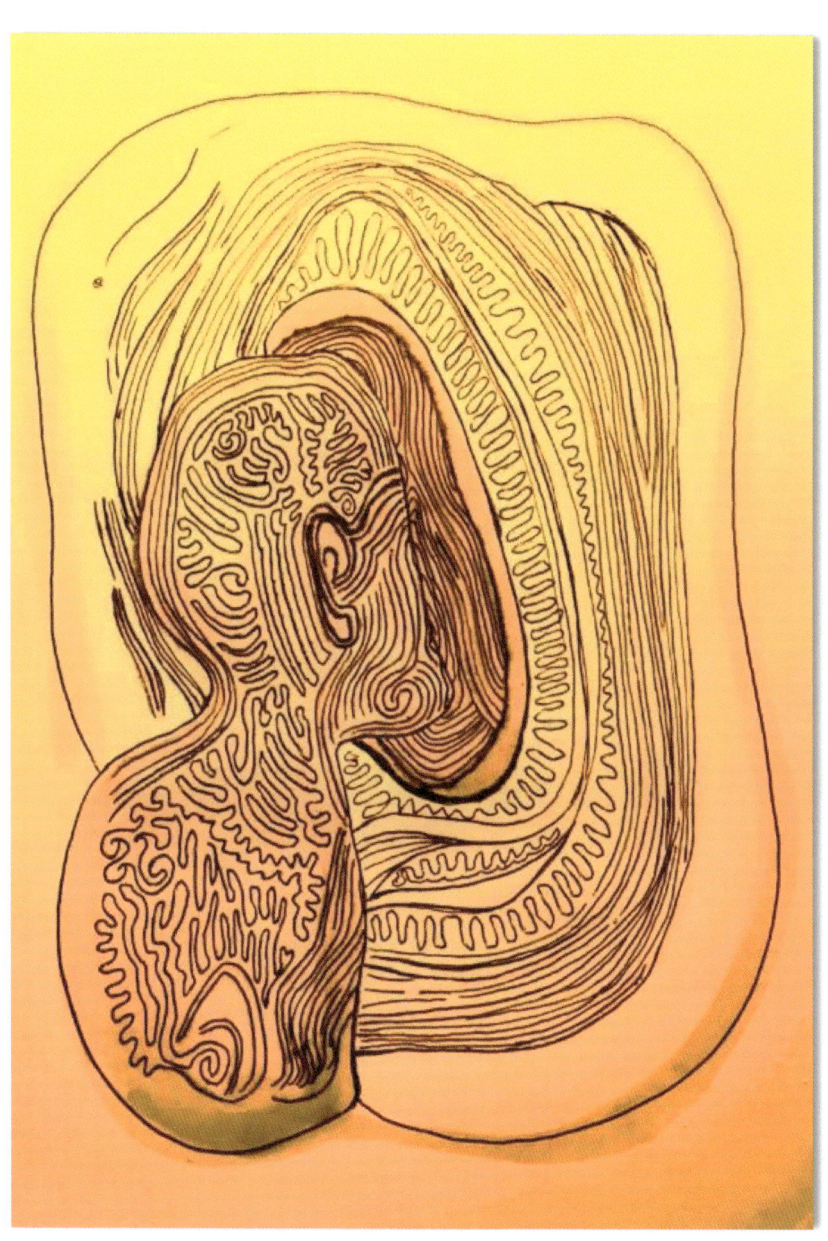

RETRATO

¿Por qué Dios no me habrá otorgado el don de dibujar?

Así, podría intentar inmortalizar tu belleza.

Las palabras son hermosas,

pero nunca son suficientes.

Como bien dicen, una imagen

vale más que mil palabras.

                        más

    Tu imagen vale   que mil poemas.

MASOQUISTA SENTIMENTAL

Mi corazón sufre en silencio por tu desamor.

Duele como si tuviera mil cuchillas clavándose en él.

Oh, mi bella amada,

¿Cómo puedo liberarme de este infinito dolor?

Solo deseo volver a ser el niño feliz de antes.

Ten piedad de mi pobre y marchito corazón.

Ya ni siquiera puedo sentir su calor en mi pecho.

Lo único que me queda es el dolor que has dejado,

mi incapacidad para llorar por ello.

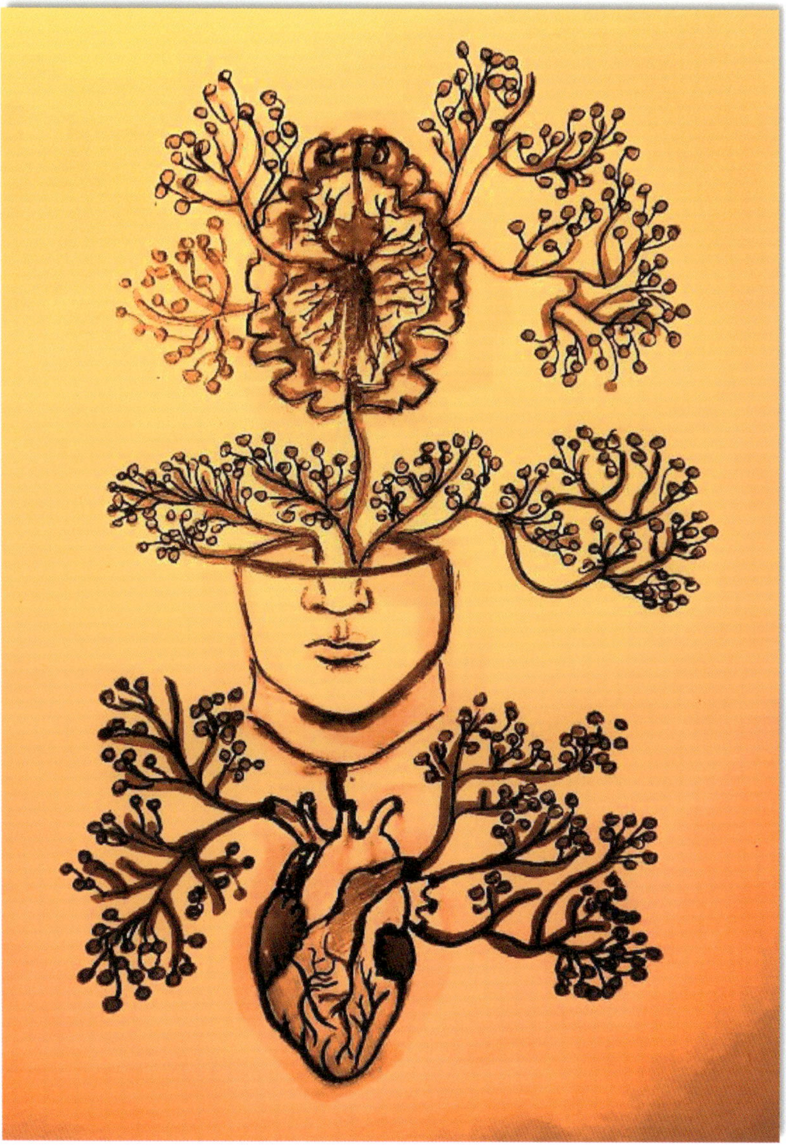

HUELLAS DE DESEO

Siempre hay calma antes de la tormenta.

Y ahora, hay mucha calma en mi vida.

No es que me queje, pero a veces extraño

> tu sonrisa,
>
> tu mal humor,
>
> tu dulce voz y
>
> tu aroma.

El caso es que anoche, volví a soñar contigo.

Fue tan real que pensé que habías regresado a mi vida.

Sorpresa.

Solo era mi subconsciente jugando conmigo.

Siempre hay calma antes de la tormenta.

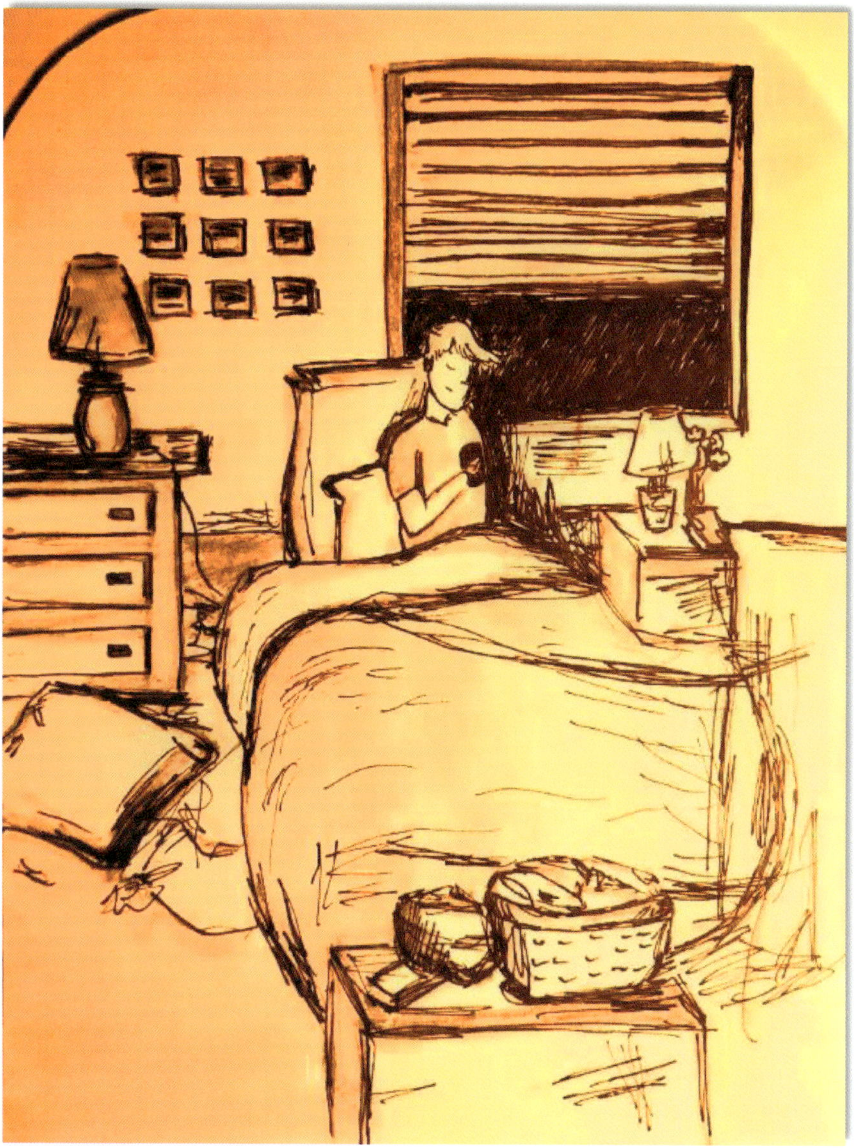

MARIONETA

A veces me pregunto si ser la marioneta de mi razón,

es lo que me niega la felicidad.

Recuerdo la época en la que lo era de mi corazón,

llena de inestabilidad y melancolía.

                              Este golpe de estado fue necesario.

Soy amante de la estabilidad.

Y no hay mayor estabilidad, que ser tu propia marioneta.

31 |

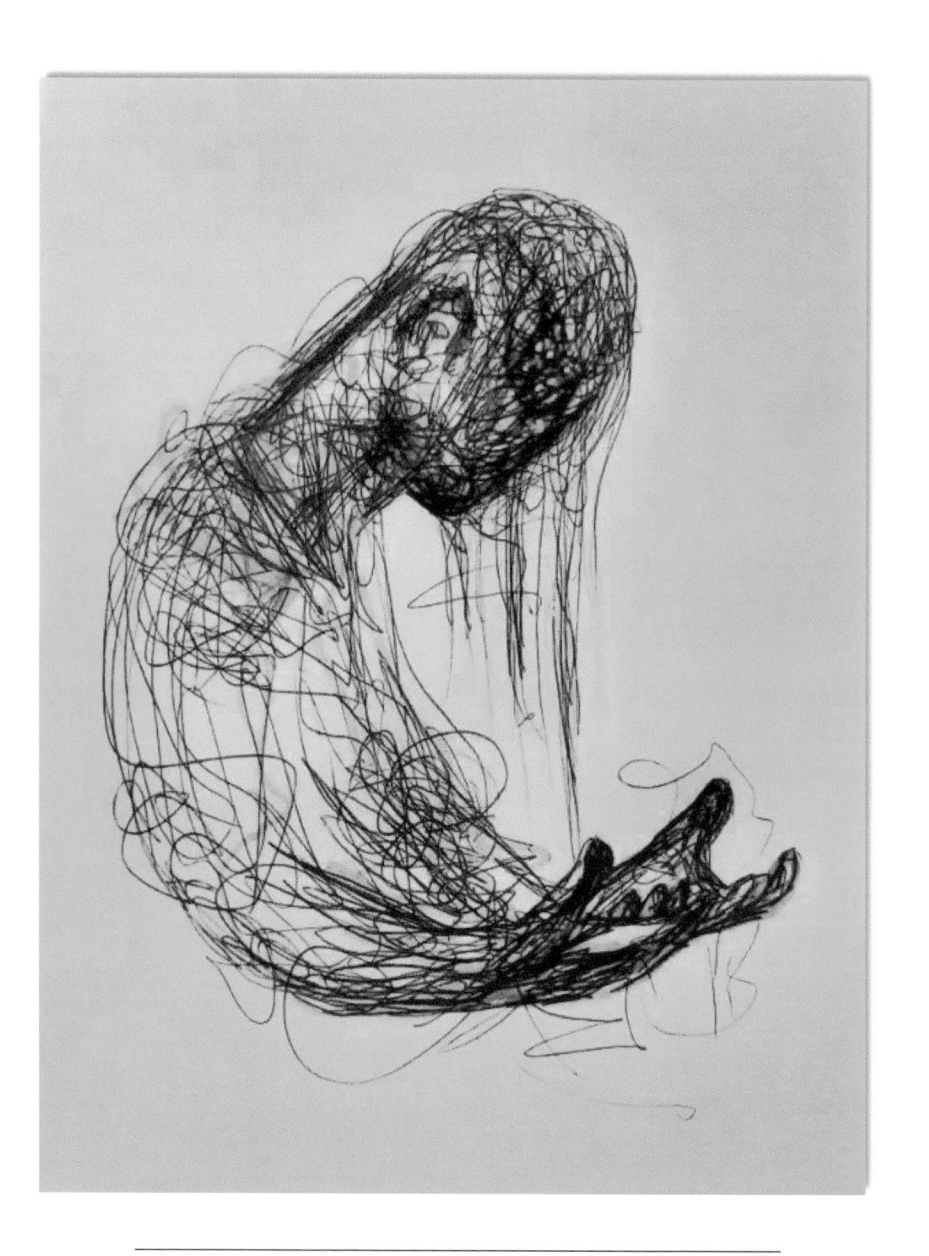

AMARGOS TRAGOS

Qué gracioso volver a verte.

Y a la vez, qué amargo.

El trago es como el café que estoy tomando.

Maldita sea,

¿Por qué mi corazón te habrá elegido a ti?

Ya he sufrido tanto que estoy desorientado

y no sé lo que siento.

Y es que cada vez,

siento que siento menos.

Has consumido todo lo cálido que tenía.

Te has llevado todo mi interior.

Ahora solo permanece un frío y vacío cascarón,

una sombra de lo que solía ser.

Qué patético volver a verte.

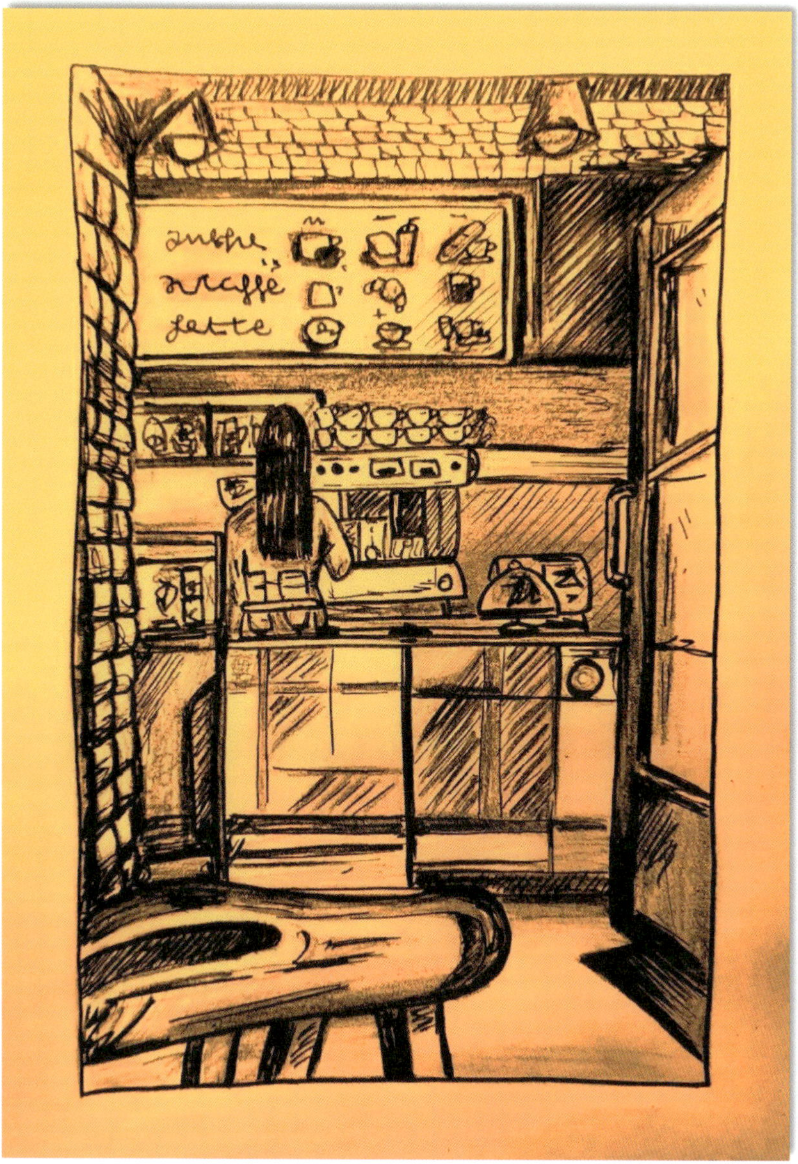

NOCHES PERFECTAS

Me encantan esas noches.

Las estrellas en el cielo,

                    los paseos,

                                el silencio.

Serían perfectas si estuvieras allí,

pero me conformo con pensar en que casi lo son.

Inunda mis pensamientos tu mirada.

Por muy breve que parezcan,

para mí no lo son.

Al coincidir con tus ojos,

todo se paraliza

y pasa a un segundo plano.

Mis latidos aumentan

y me quedo petrificado

como si de Medusa se tratase.

Lo disimulo bien,

aunque es una suerte

poder hacerlo.

No quiero que sepas lo vulnerable que soy a ti.

Cuando amamos, nos cuidamos de esa persona

porque solo ella nos puede hacer daño.

Por un momento,

vuelvo a la realidad,

mientras aprecio tu preciosa cara.

- ¡Qué preciosa obra! No sé si estoy loco o enamorado.

¿Cuál es la diferencia? -

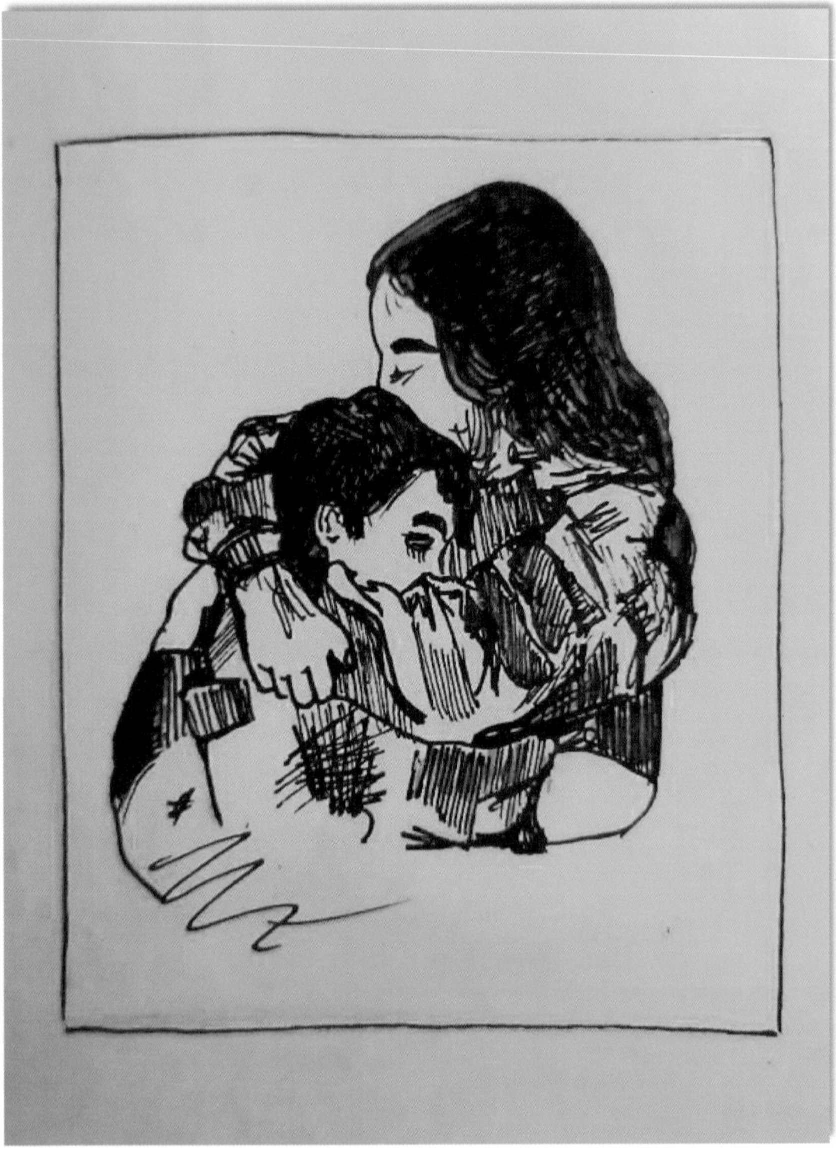

EL BESO DE LA MUERTE

He oído un silencio que me hablaba,

un silencio que me susurraba al oído izquierdo

en medio de la oscura y fría noche de la muerte.

He sentido una mano que me acariciaba,

una caricia angelical de la hermosa y gélida

dama de la luna.

Noté la mirada de la bella muerte.

Mirada llena de melancolía y tristeza.

Vi sus lágrimas, hermosas y melancólicas.

Cayeron sobre mi pecho desnudo en la cama.

Sentí su beso.

El frío beso de la muerte que detuvo mi corazón.

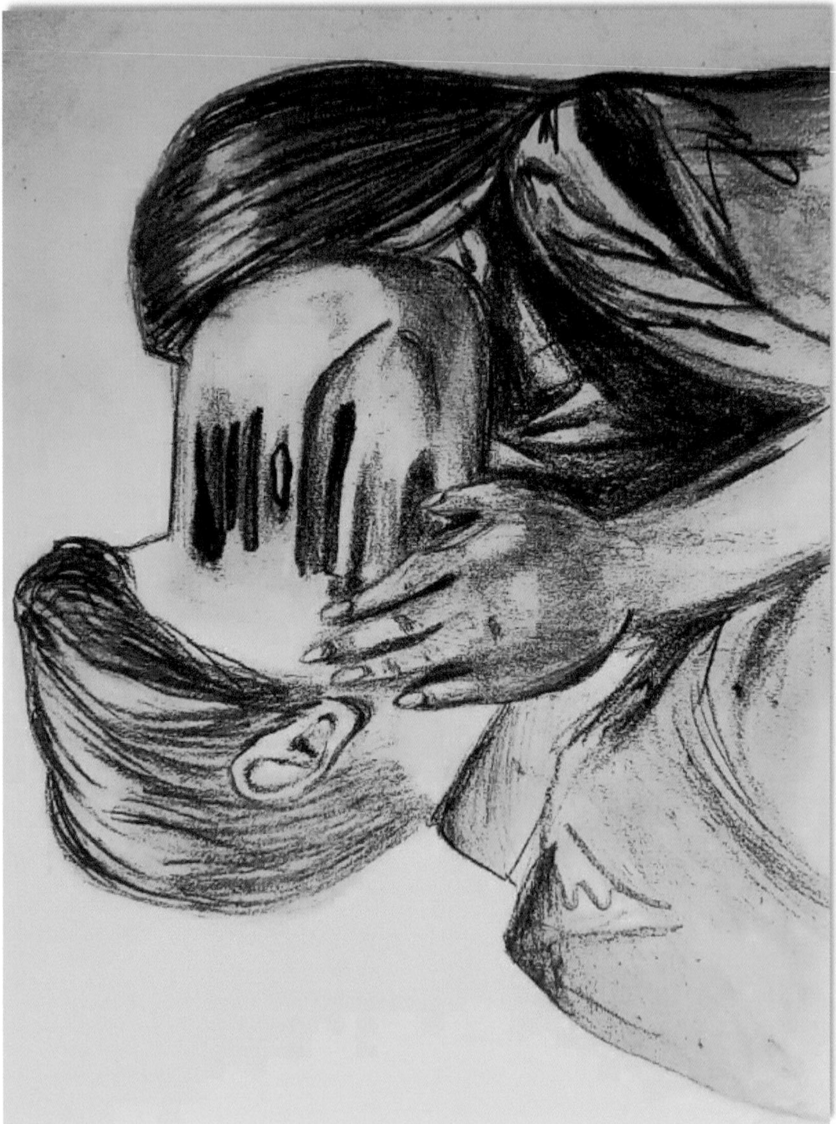

ENTRE LA RAZÓN Y EL CORAZÓN

Cada día pienso en dar el paso,

pero soy esclavo de mi razón

y no de mi corazón.

Cada día que veo tu sutil y elegante sonrisa,

lo único que mi corazón ve es

una razón para amarte.

Y lo único que mi razón ve es

una ocasión más,

para silenciarla.

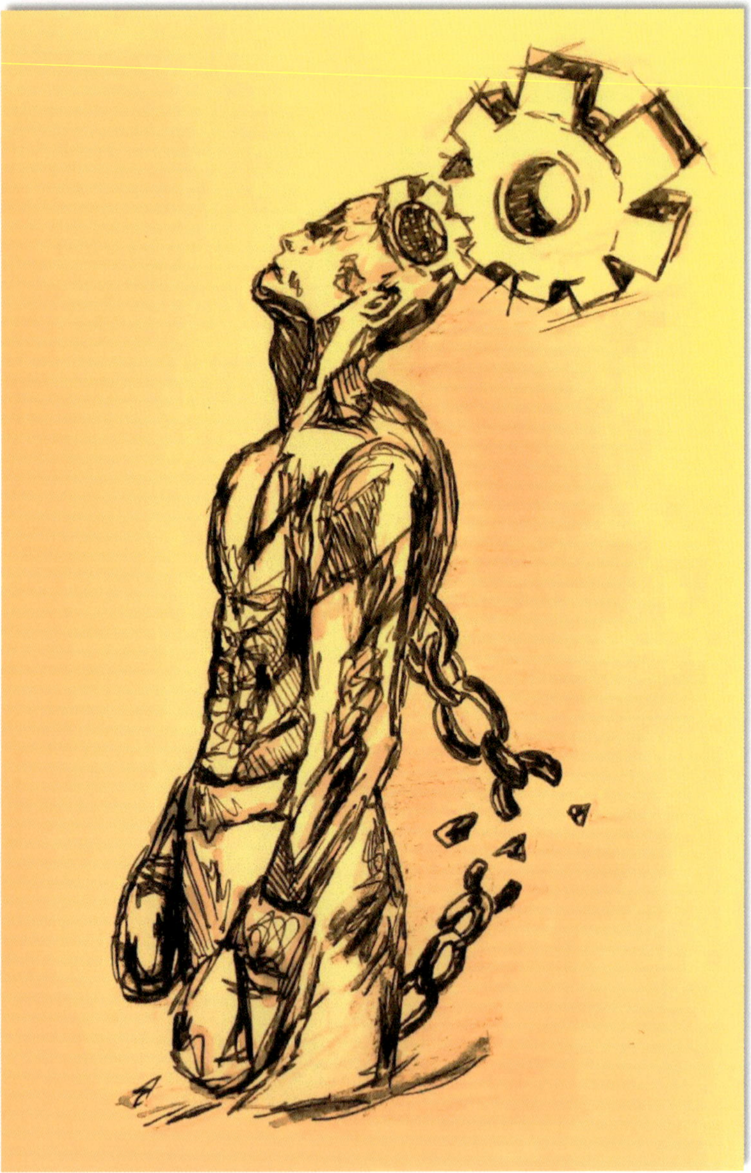

AMOR ETERNO

Si fuera posible amar

a una sola persona toda la vida,

sin duda alguna,

te amaría el resto de mis días.

Mi bella y elegante dama,

Cierto es que nunca he sido sincero con mis sentimientos,

pero ojalá pudiera congelar fragmentos del tiempo

para poder contemplarlos eternamente.

Mi amada eterna,

dicen que las cosas pierden su valor al poseerlas.

Así que, renuncio a ti, para disfrutar más de este amor

bello e incorrupto que siento por ti.

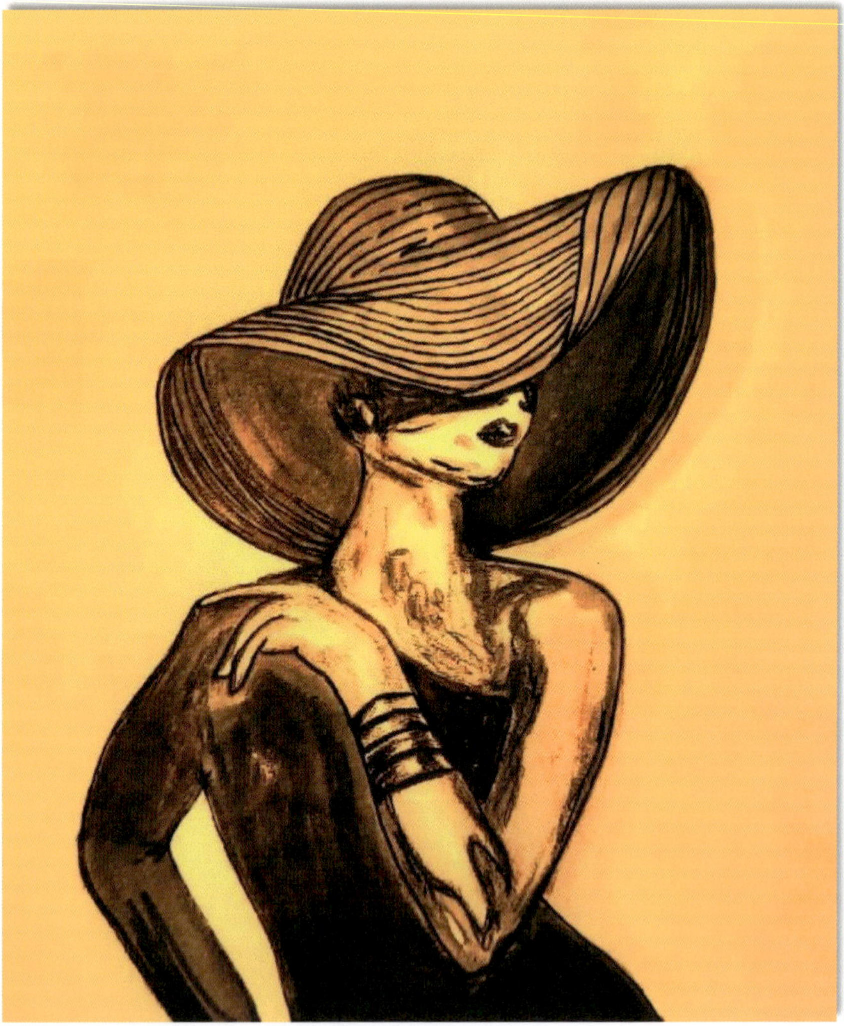

NOCHES SILENCIOSAS

Malditas noches silenciosas.

Me traen un amargo recuerdo.

    Navegando en mis pensamientos,

    todavía veo aquellos momentos

    en los que estaba perdido e inocentemente

    enamorado de ti.

Maldigo el momento en el que acudí a tu llamada,

como el marinero que acude al canto de la bella sirena,

sin saber que se dirige hacia su fin.

Y así fue para mí, mi bella dama.

Acudí con la falsa esperanza de saciar mi sed,

pero solo me estabas dando agua de mar.

Me matabas de una forma dolorosamente placentera,

en mis noches silenciosas.

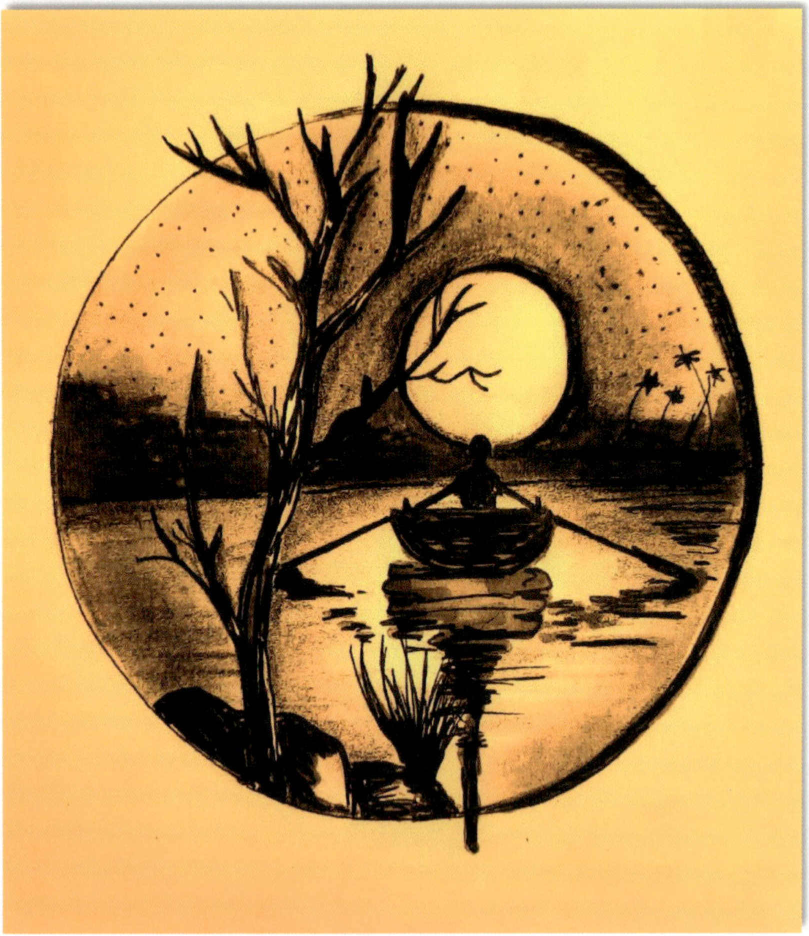

NOCHES SOLITARIAS

Adoro estas noches tan s o l i t a r i a s.

Mi única compañía son tus recuerdos

y el Claro de Luna de Beethoven.

Cada t o n o del p i a n o

me transporta a lo más profundo de mis recuerdos.

Busco tu mirada, tu sonrisa, tu aroma.

La sencillez tan elegante que roza la per

                                        fec

                                        ción.

46

VENENO PLACENTERO

Tu amor es como una droga

de la que no puedo desengancharme.

Lo único que puedo hacer ahora es evitarte.

Intentar que el espacio y el tiempo

curen esta herida que llevo.

Aunque es muy complicado,

me resulta imposible resistirme a tu llamada.

Aunque sé que me hace daño.

Aunque sé que no hay nada más que lo físico.

Aunque sienta que cada beso envenena

y mata poco a poco mi corazón.

Aunque sepa que es solo lujuria.

No puedo evitar sentir una felicidad dolorosa.

Tu amor es como una droga.

Es mi veneno placentero.

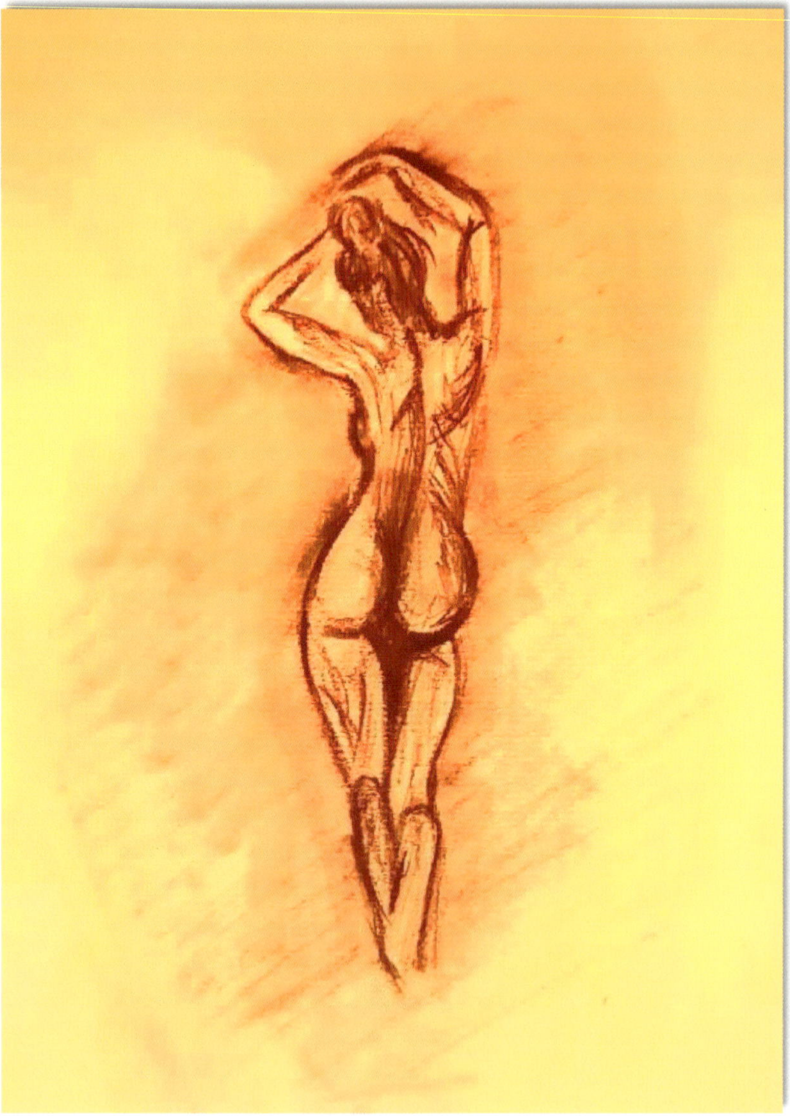

MELANCOLÍA INVERNAL

Paisaje blanco, cielo gris.

¡Qué preciosa tarde de invierno!

Llena de melancolía.

Vacía como mi corazón

y sin vida

como tus ojos.

Nublada como mi mirada

y fría

como tu sonrisa.

Pero aun así,

no puedo dejar de admirarla,

al igual que no puedo,

 dejar de admirarte.

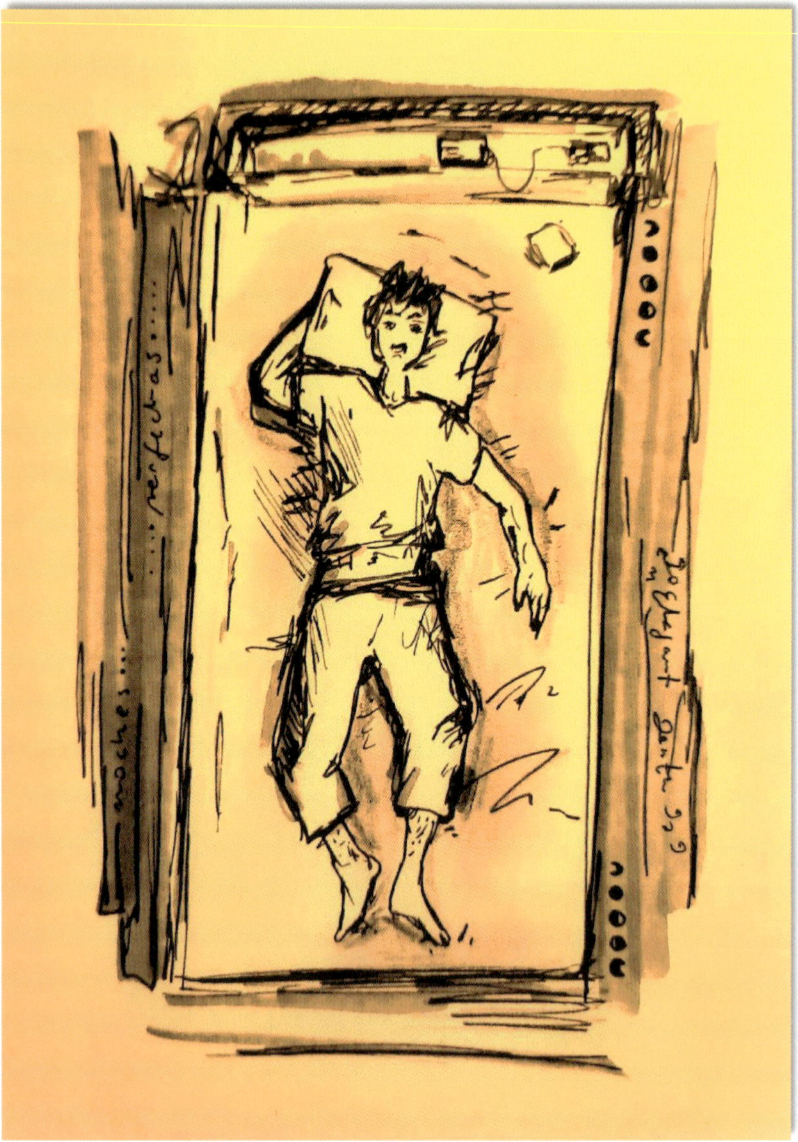
noches…
…perfectas…

MIRADA PRECIOSA

Qué fácil me resulta mirarte a la cara

y perderme en tu preciosa mirada.

No dejo de imaginar el día en el que me dediques

esa hermosa sonrisa.

>Qué bello encanto.

>Qué divina obra de arte.

>Me encantan las expresiones de tu rostro.

Tu dulce mirada perdida.

Tu sonrisa provocadora.

Tu ceño fruncido cuando algo te molesta.

Ojalá no me miraras ahora con tanta indiferencia.

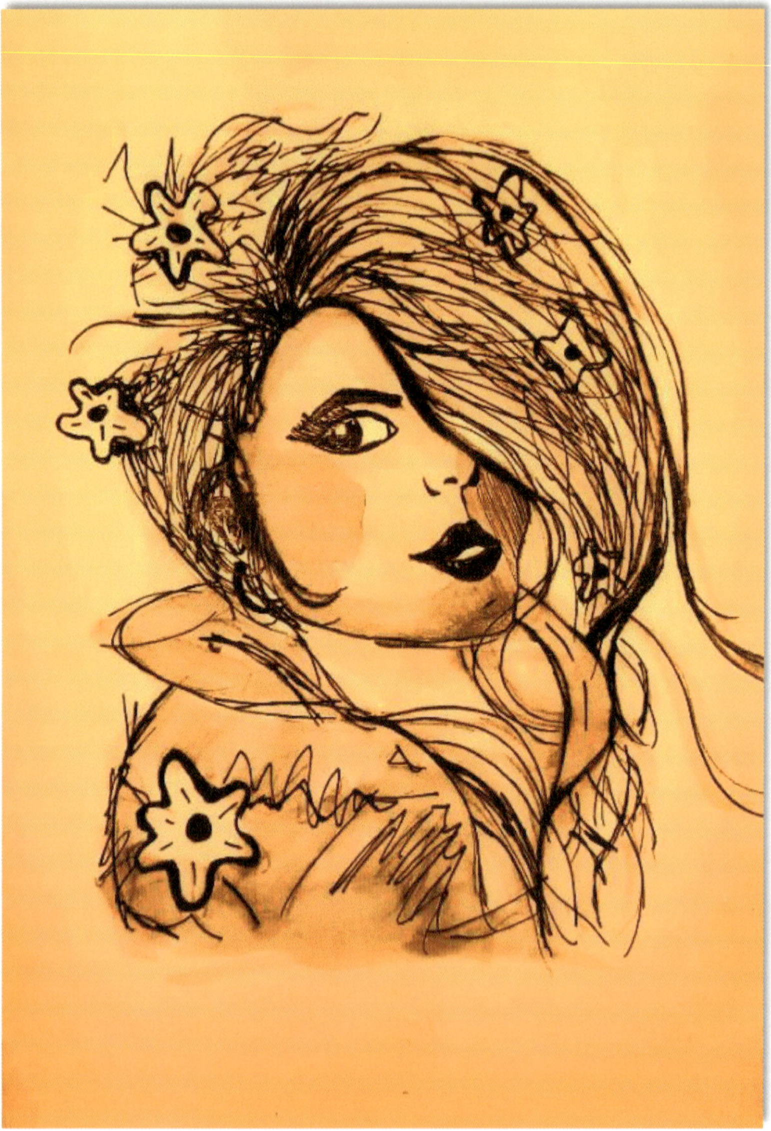

ENTRE EL AMOR Y EL OLVIDO

Me hallo dividido.

Por una parte, quiero adorarte eternamente.

Por otra parte, deseo odiarte y olvidarte.

Te

escribiría

mil y un poemas,

pero

¿de qué

sirven,

si

nunca

los

leerás?

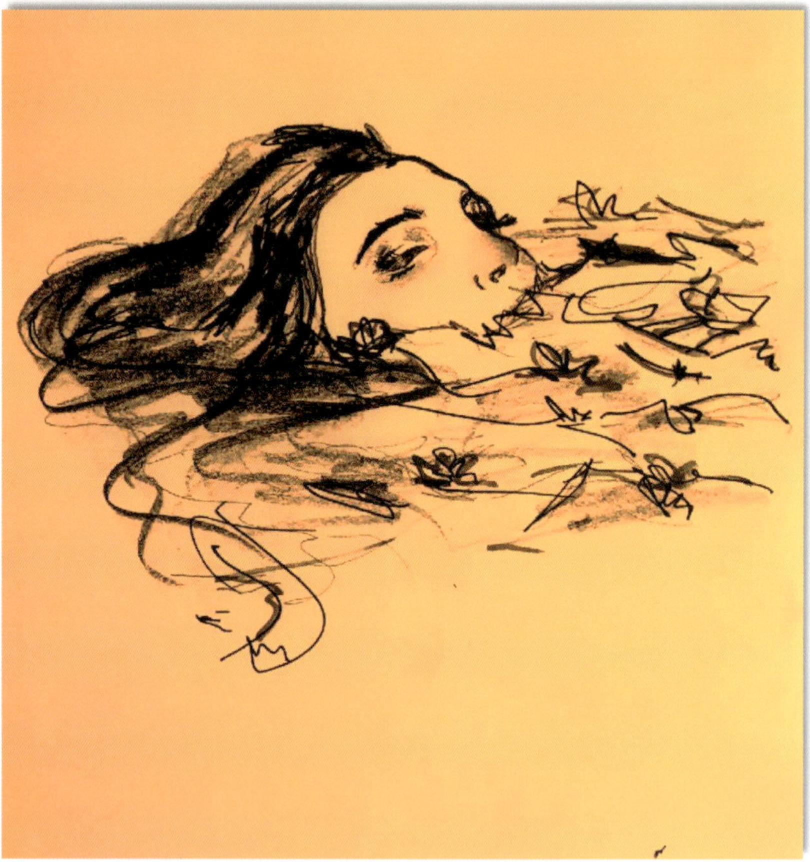

CARTA DE AMOR A MI AMADA

Querida amada,

Me encuentro aquí con la pluma en mano y el corazón abierto buscando las palabras adecuadas para expresar lo que siento por ti.

Es un desafío describir con precisión la magnitud de mi amor, pero permíteme intentarlo. Cada vez que nuestros ojos se encuentran, mi mundo se ilumina.

Tu presencia me llena de felicidad y cada momento a tu lado se convierte en un preciado tesoro. En tus brazos encuentro refugio y en tu sonrisa descubro la fuente de mi alegría. No hay suficientes palabras para expresar la profundidad de mi amor por ti. Eres mi confidente, mi compañera de aventuras y mi inspiración constante. Cada gesto tuyo, cada palabra pronunciada con dulzura, llena mi corazón de un cálido amor que no conoce límites.

En las noches estrelladas, mi mente se inunda de pensamientos sobre nuestro futuro juntos. Sueño con construir un camino compartido, donde el amor y la complicidad sean los pilares que nos guíen. Deseo caminar de tu mano por senderos desconocidos, explorando el mundo y descubriendo la belleza en cada rincón, siempre juntos.

Prometo amarte en los días soleados y en los días nublados,

    en las risas y en las lágrimas,

    en la salud y en la enfermedad.

Mi amor por ti es incondicional

    y nunca dejaré de luchar por ti

    y nuestra felicidad.

Eres el faro que ilumina mi camino,

    la musa de mi creatividad

    y la razón por la que mi corazón late con fuerza.

Te amo más de lo que las palabras pueden expresar

    y espero que sientas la sinceridad

    de mis sentimientos

    cada vez que te miro a los ojos.

Always yours,

Elegant Death

57

MARIONETA DEL CORAZÓN

En un escenario de luces tenues,

donde el tiempo se detiene y todo se disuelve,

me encuentro como una marioneta en tus manos,

moviéndome al ritmo de tu mirada y sonrisa.

Me has tomado con hilos invisibles,

controlando mis acciones y mis risas.

En medio de este juego de apariencias,

busco mi voz y mis propias experiencias.

Quiero liberarme de tus cadenas,

ser la marioneta que cobra vida,

que decide su destino

y que se atreve a olvidarte.

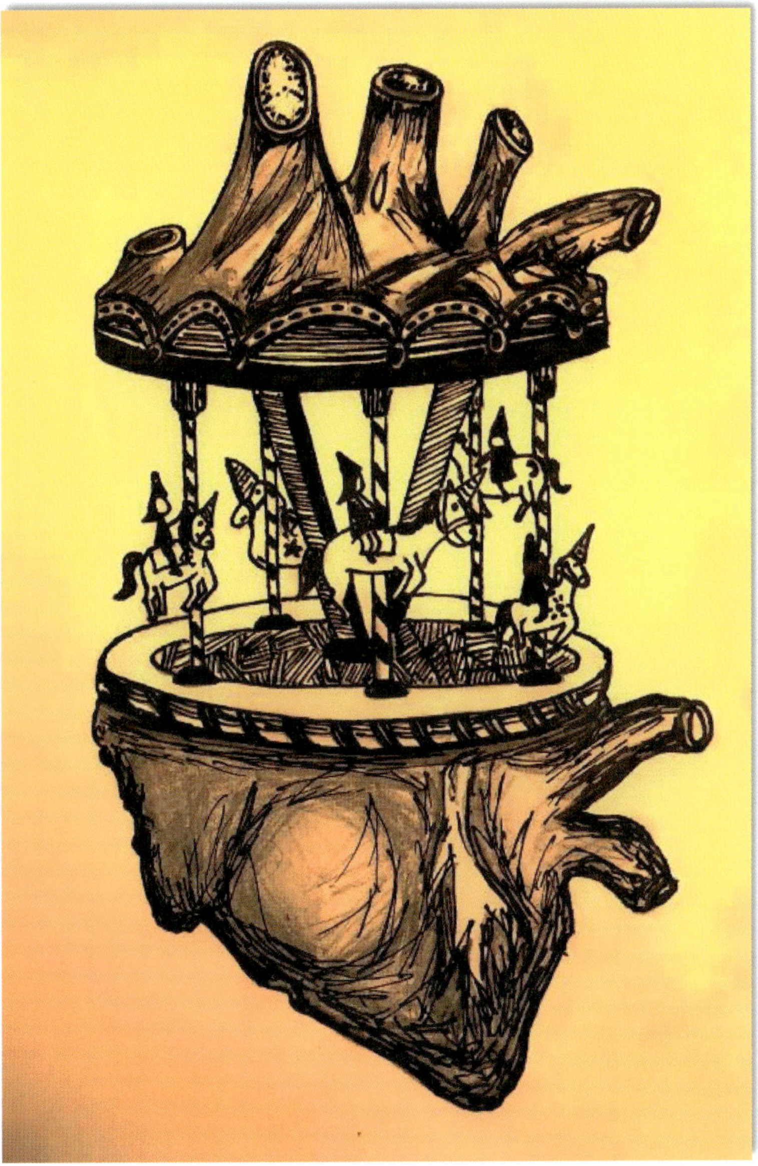

MARIONETA DE LA RAZÓN

En un escenario donde la razón se alza,

me convierto en marioneta.

Mis movimientos son precisos y fríos,

guiados por la lógica.

La marioneta de la razón

es mi identidad,

un ser que valora

la lógica y la objetividad.

En el escenario de la vida,

elijo ser guiado por la razón,

pues en ella encuentro

claridad y precisión.

Soy la marioneta de la lógica,

y mis decisiones son producto de un juicio atento.

La razón es mi guía en este camino incierto,

pues me permite tomar decisiones sin miedo.

Analizo cada paso con cautela y cuidado

para evitar cometer errores.

Mis emociones

no dominan mis acciones,

pues prefiero mantenerme

en un equilibrio estable.

En el fondo de mi ser

 existe una voz callada,

el susurro del corazón que espera

volver a ser escuchada.

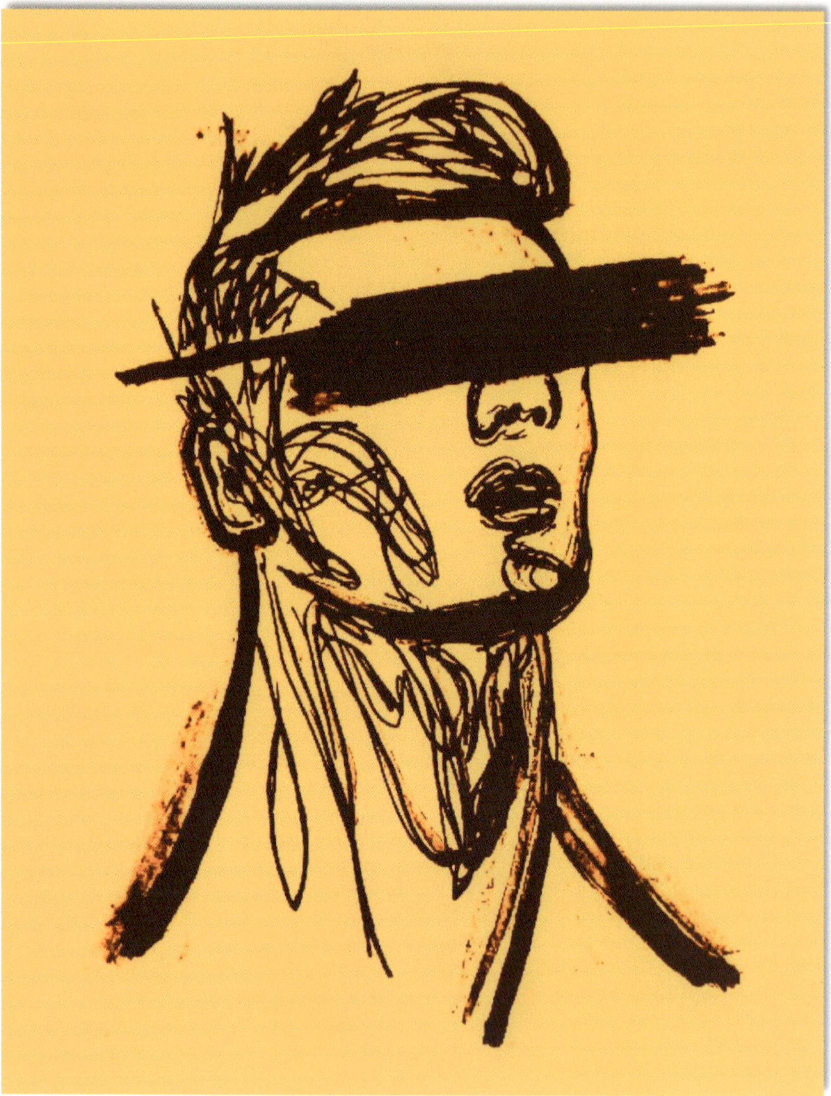

TÉ DE VAINILLA

El aroma del buen té de vainilla

me envuelve en su dulce fragancia.

Es un deleite para mis sentidos,

una experiencia llena de elegancia.

Cada sorbo es como un abrazo cálido

en las frías tardes de invierno.

El sabor suave y delicado de la vainilla

reconforta mi cuerpo y mente,

y me transporta a un lugar nostálgico.

Es un momento de calma y serenidad,

donde el tiempo se detiene, cierro

                                        los

                                        ojos

y me dejo llevar por ese aroma

que me hace suspirar.

El té de vainilla es mi fiel compañero

en momentos de alegría o tristeza,

me reconforta y brinda consuelo,

es una cura para el alma.

Así que día

                a

                      día

                          me siento,

                          disfruto

                          y

                          me relajo,

dejando que el aroma me envuelva por completo.

Un té de vainilla,

una pausa en mi día,

un momento de paz,

amargo y perfecto.

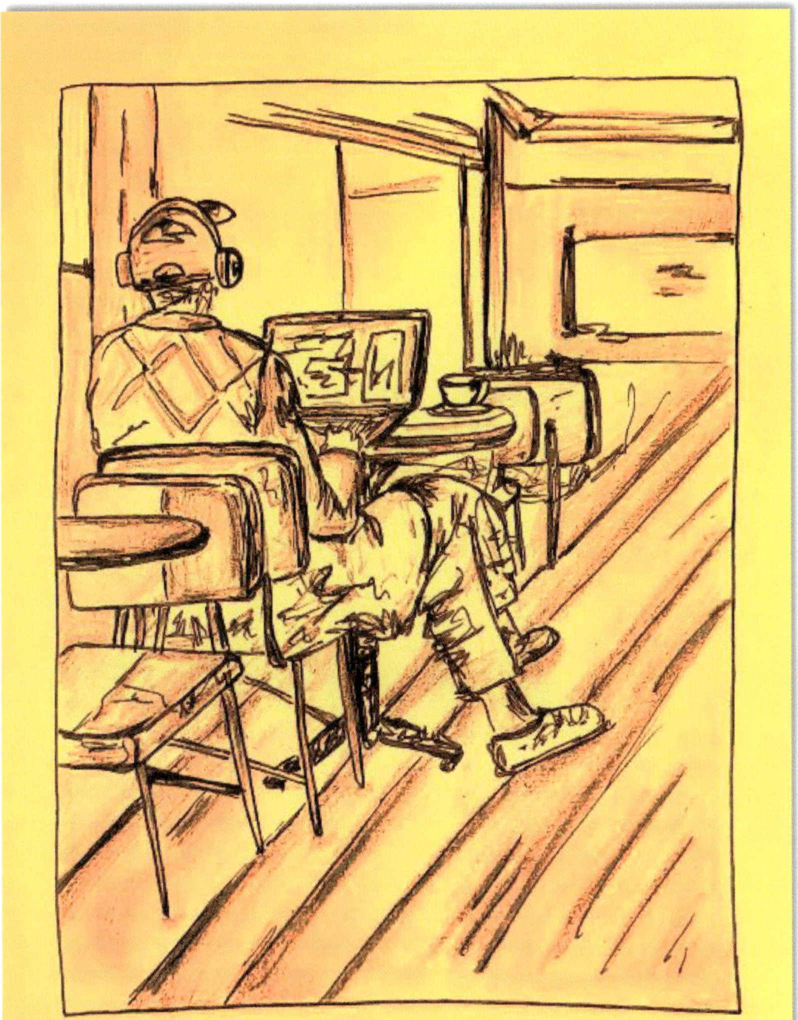

TARDES DE VERANO

En las tardes de verano, cuando el sol se oculta,

veo la tristeza en tus ojos.

El cielo se tiñe de tonos cálidos y dorados,

pero tu mirada refleja una melancolía profunda.

El suave susurro del viento acaricia tu rostro,

mientras las sombras se alargan en el horizonte.

Puedo sentir tu dolor, tu pesar en el aire,

una tristeza que se mezcla con la brisa del anochecer.

Las flores se marchitan lentamente

bajo la pálida luz de la Luna,

y las lágrimas que se deslizan por tus mejillas,

son como gotas de lluvia en un jardín abandonado

donde el verdor

        se desvanece y

        la tristeza

        se adueña.

Tus ojos lo revelan todo en este atardecer de verano.

En esos momentos sombríos en los que tu silencio habla,

quisiera envolverte en mis brazos

para borrar tus penas y darte consuelo.

Pero sé que la tristeza es parte de la vida,

un eco que resuena en nuestros corazones.

Quizás en este atardecer melancólico

encuentres la fuerza para sanar tus heridas

y renacer como el ave fénix.

La belleza de la tristeza en el atardecer de verano

es una invitación a reflexionar y encontrar la paz.

Puede que los días sean oscuros ahora,

pero siempre habrá luz al final del camino.

Amada mía, no estás sola en tu tristeza,

estoy aquí para sostenerte y acompañarte.

Juntos enfrentaremos el ocaso del verano

y encontraremos la serenidad

                en medio de la melancolía.

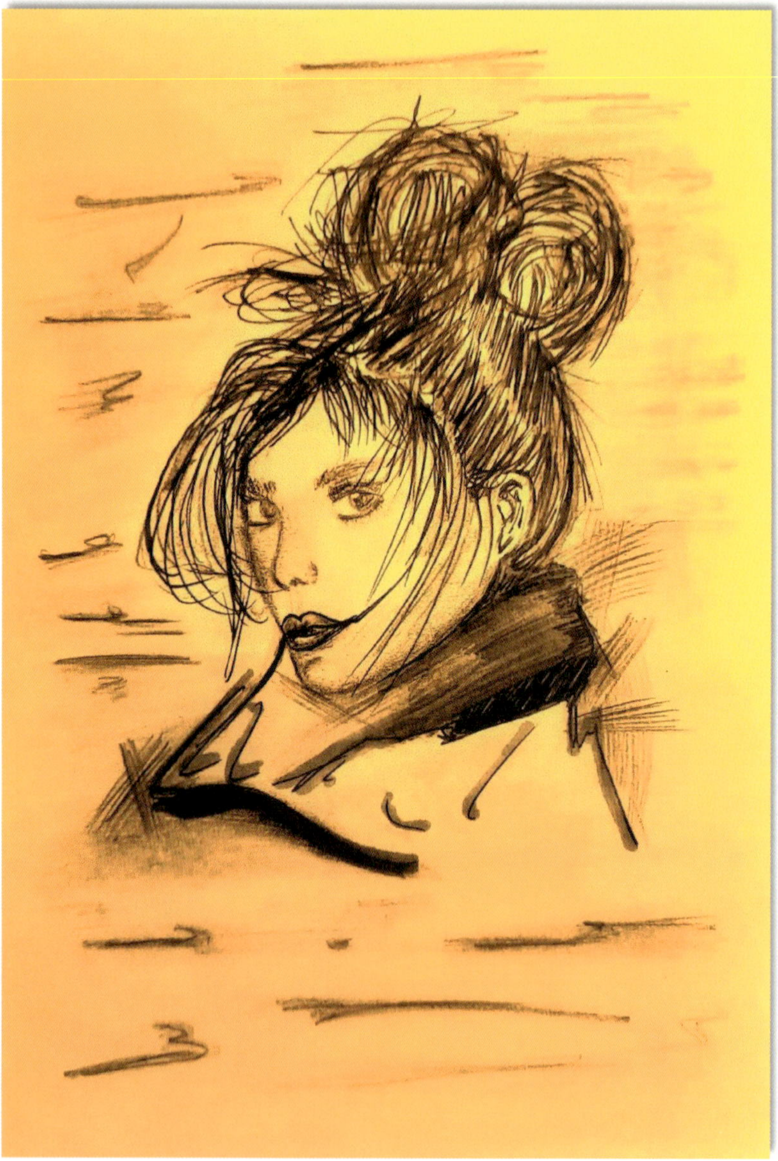

SONRISAS ROBADAS

Todavía recuerdo esa tarde de verano.

Después de meses sin vernos, en un instante fugaz,

en medio de la multitud, nuestras miradas se cruzaron

y algo especial sucedió.

Una sonrisa se dibujó en tus labios,

radiante y sincera,

y en ese preciso momento,

mi corazón fue robado.

Tu sonrisa iluminó mi mundo como un rayo de sol,

borrando todas las preocupaciones y las penas.

Fue un regalo inesperado, un destello de alegría

grabado en mi mente como una escena eterna.

Cada vez que pienso en esa sonrisa,

mi corazón se llena de felicidad,

como si el tiempo se detuviera

y solo existiéramos tú y yo.

Es un recuerdo preciado,

un tesoro en mi memoria

que guardo con cariño

y que siempre me trae felicidad.

Las sonrisas robadas

 son las más valiosas,

porque son

espontáneas y genuinas.

Capturan la esencia del momento,

la conexión entre dos almas,

dejando una huella imborrable

en el corazón de quien las recibe.

Así que, continúa regalando sonrisas,

amada mía,

porque cada una tiene el poder

de cambiar vidas.

En un mundo lleno de prisas y preocupaciones,

una sonrisa puede ser

el bálsamo que alivia

y reconforta el alma.

Cuando me acuerdo de tu expresión,

mi corazón se llena de gratitud,

porque sé que en ese instante

fui testigo de algo hermoso.

Una sonrisa robada

convertida en un regalo compartido,

que nos recuerda lo maravilloso que es

vivir y amar.

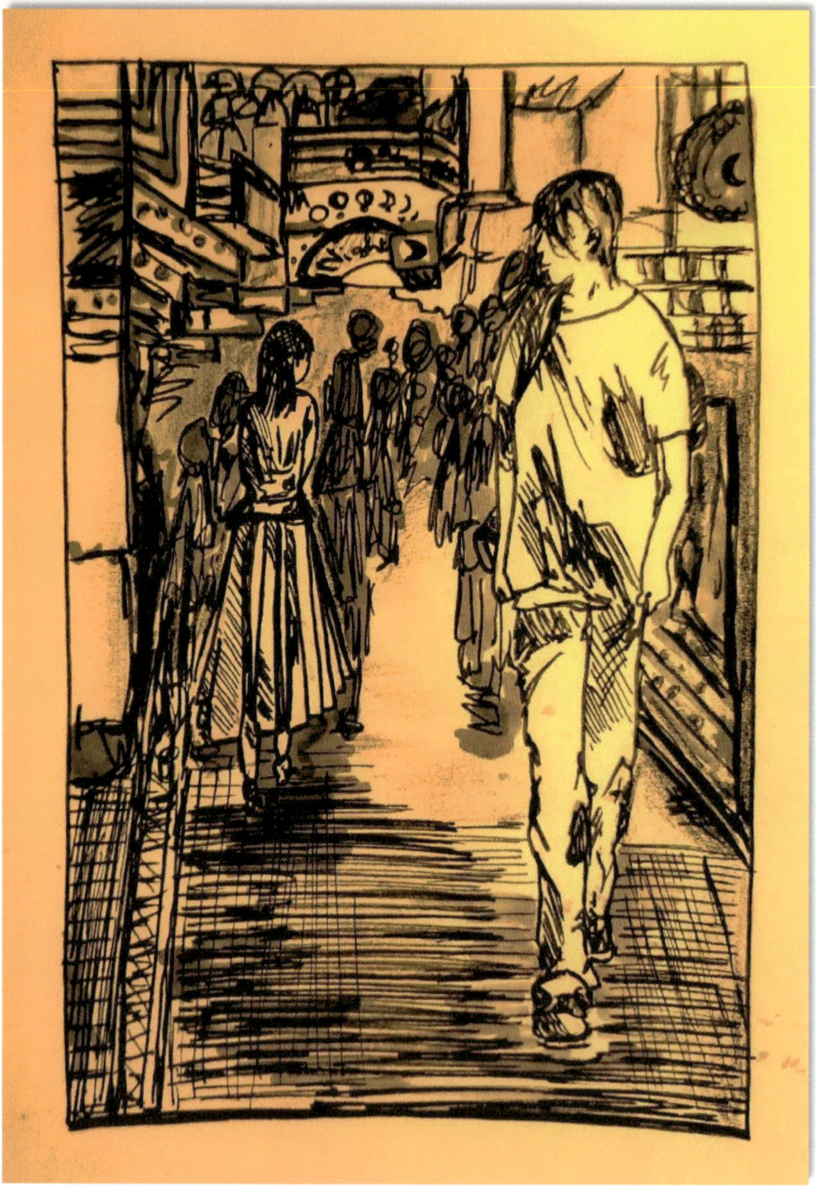

LLUVIA DE VERANO

La lluvia de verano, danza líquida en el aire,

susurra melodías sobre los campos y la ciudad.

Sus gotas refrescantes acarician mi rostro,

mientras el aroma de la tierra mojada me invade.

Es una sinfonía de gotas que caen suavemente,

creando un ritmo único en el paisaje.

Las flores y hojas se rinden a su encanto,

mientras los colores se intensifican con el agua.

La lluvia de verano es mágica y efímera,

lava las penas y despierta la nostalgia.

Crea un ambiente de calma y serenidad,

invitándonos a contemplar su belleza pasajera.

Las calles se tiñen de destellos plateados

y los charcos se convierten en brillantes espejos.

Bajo el cobijo de mi paraguas, camino sin prisas,

disfrutando de esta danza celestial y vibrante.

La lluvia de verano es un regalo del cielo

que nos recuerda la fugacidad de los momentos.

Nos invita a abrir nuestros corazones

y dejarnos llevar por su frescura y encanto.

En cada gota, encuentro una melodía,

una conexión profunda con la naturaleza.

La lluvia de verano, un abrazo del cielo,

que nos envuelve en su magia y elegancia.

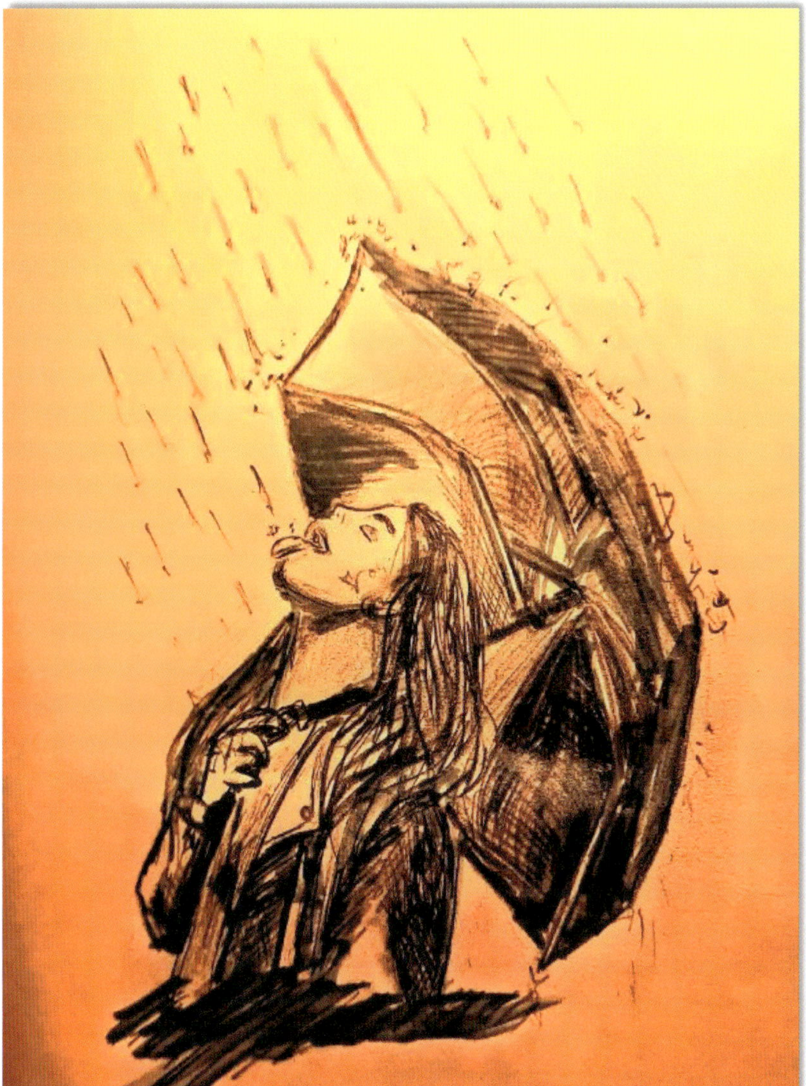

ROMANCE AROMÁTICO

En el rincón del mundo donde las fragancias florecen,

allí me encuentro, como un amante apasionado,

Cada aroma es una historia que estremece mi alma.

Un mundo de sensaciones que no puedo dejar de disfrutar.

El suave perfume de las rosas al amanecer,

como un susurro romántico en el aire,

me envuelve con su magia, me hace estremecer,

y mi corazón late al compás de su dulce cantar.

El cálido aroma del té recién hecho,

me acaricia el alma y despierta mis sentidos.

Es como un cálido abrazo en los días de frío,

una danza de notas que se han tejido en mi ser.

Las frescas notas de la lluvia de verano,

son como un bálsamo para el calor agobiante.

Su aroma me transporta a un lejano paraíso,

donde la naturaleza me ofrece su instante.

El aroma envolvente del bosque por las mañanas,
con su perfume a tierra húmeda y a musgo fresco,
me lleva de la mano a una tierra encantada,
donde los sueños y la realidad se entrelazan en un beso.

Cada fragancia es una historia que se despliega,
un viaje de emociones que me hace vibrar.
Mi alma vuela y, como amante de las fragancias,
se entrega a este universo mágico
que nunca deja de sorprenderme.

En cada aroma encuentro un tesoro escondido.
Un suspiro del alma, una caricia del viento,
mi corazón está rendido a esas esencias
que adornan mi mundo y mis pensamientos.

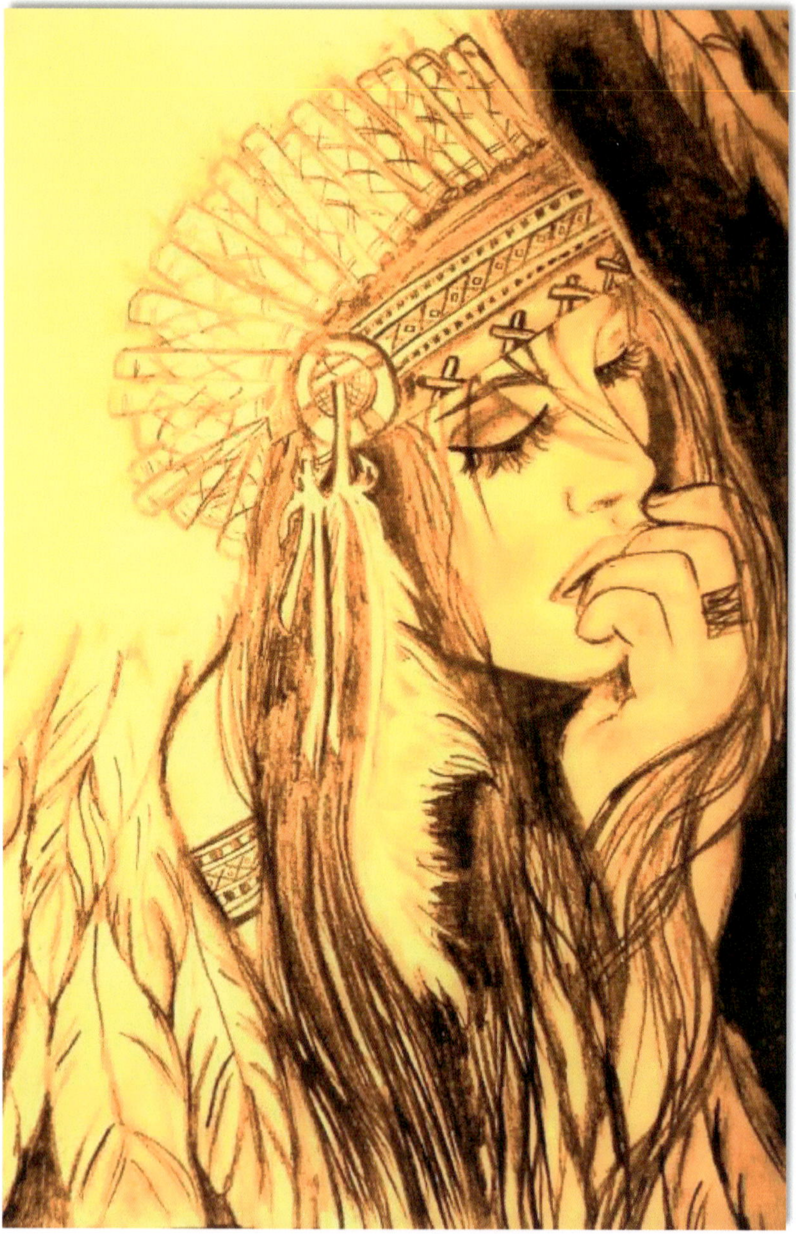

QUASI UNA FANTASIA: ROMANCE LUNAR

Bajo el manto celestial, en una noche estrellada, la Luna se eleva majestuosa y llena de esplendor. Su luz plateada baña suavemente la tierra, creando un claro de Luna que nos envuelve en su encanto.

> En esta noche mágica, me pierdo en la imagen de tu rostro iluminado por la luna llena. Tus ojos, reflejo de su resplandor, son como dos estrellas brillantes que guían mi camino hacia el éxtasis de tu alma.

El suave susurro del viento nocturno lleva consigo el aroma de las flores y nuestra cercanía se vuelve cómplice de un romance que florece con la misma intensidad que el tercer movimiento del Claro de Luna de Beethoven.

Bajo esta luz celestial, nos sumergimos en un universo de emociones compartidas. Cada sonrisa robada, es un tesoro en nuestro rincón de complicidad, donde nuestras almas se entrelazan en esta danza melódica.

Tus manos, como fragancias exquisitas, acarician mi piel con suavidad y firmeza. En cada roce, se despierta una lluvia de sensaciones que me inunda de placer y pasión.

La luna llena se refleja en el espejo de tus ojos y en ellos descubro la profundidad de tu ser, un océano de sentimientos en el que quiero sumergirme sin temor.

En esta noche llena de magia y claridad, siento que nuestra conexión trasciende el tiempo y espacio. Cada mirada, cada suspiro, se convierte en una eterna melodía que acaricia nuestros corazones.

En el claro de luna, somos dos almas que se encuentran, dos amantes que se entregan, dos corazones que laten al unísono en esta sinfonía de amor y pasión.

Que la luna llena sea testigo de nuestro romance y que su luz nos guíe en este viaje de emociones y sensaciones compartidas.

Que cada claro de luna sea un recordatorio de que el amor, como la luna, siempre estará presente iluminando nuestro camino hacia la eternidad.

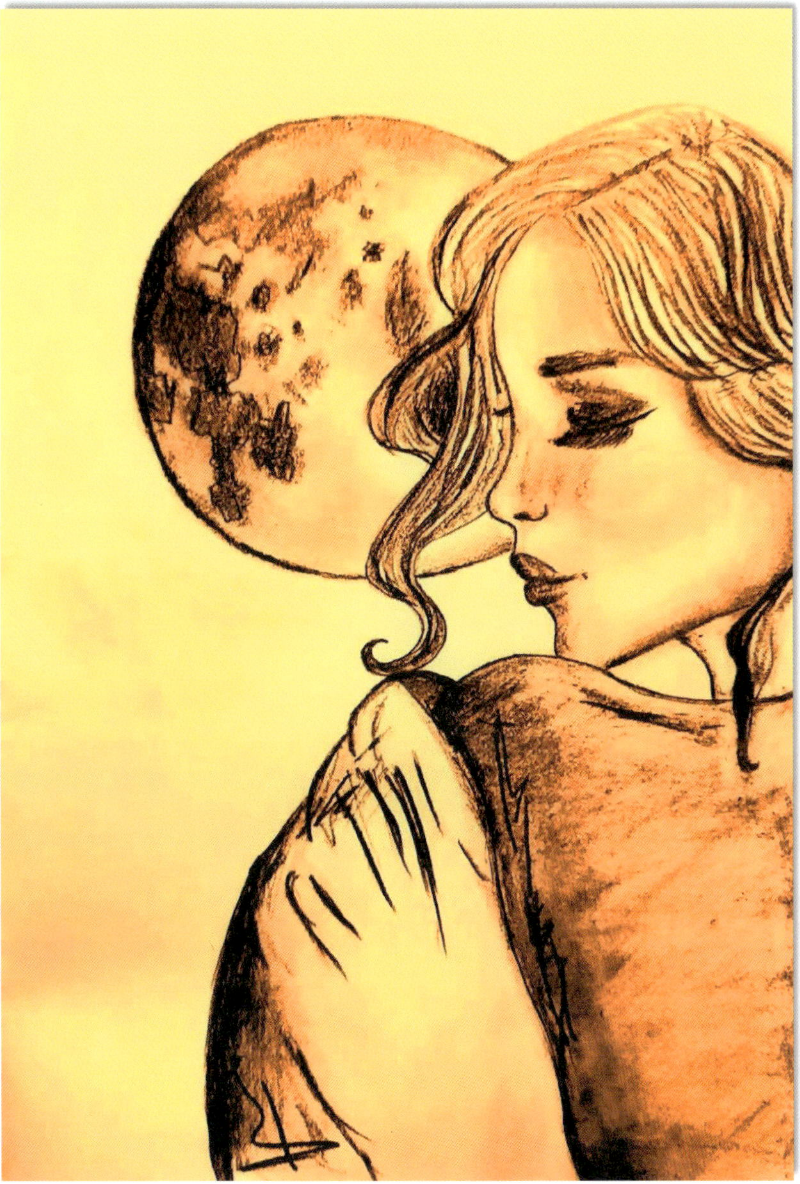

LA LLUVIA Y YO

Cielo nublado, lluvia incesante,

tras la ventana mi mente divaga.

En el juego de gotas y sombras danzantes

encuentro la paz que nunca se apaga.

Las nubes grises ocultan el sol,

y el aroma a tierra mojada impregna el aire.

Una sinfonía de gotas que se hace escuchar,

una melodía que invita a soñar.

En cada gota veo reflejado un deseo;

de dejarme llevar por la fantasía,

de volar con la lluvia y ser parte del cielo,

de perderme en el mar de melancolía.

Desde mi ventana, el mundo se transforma,

y la lluvia me susurra secretos al oído.

Me regala momentos de calma y tranquilidad.

Me invita a ser libre, sin ningún ruido.

Con la lluvia como compañera,

dejo volar mi imaginación,

En el lienzo del cielo, mi alma se pierde

en el vaivén de esta bella vida.

84

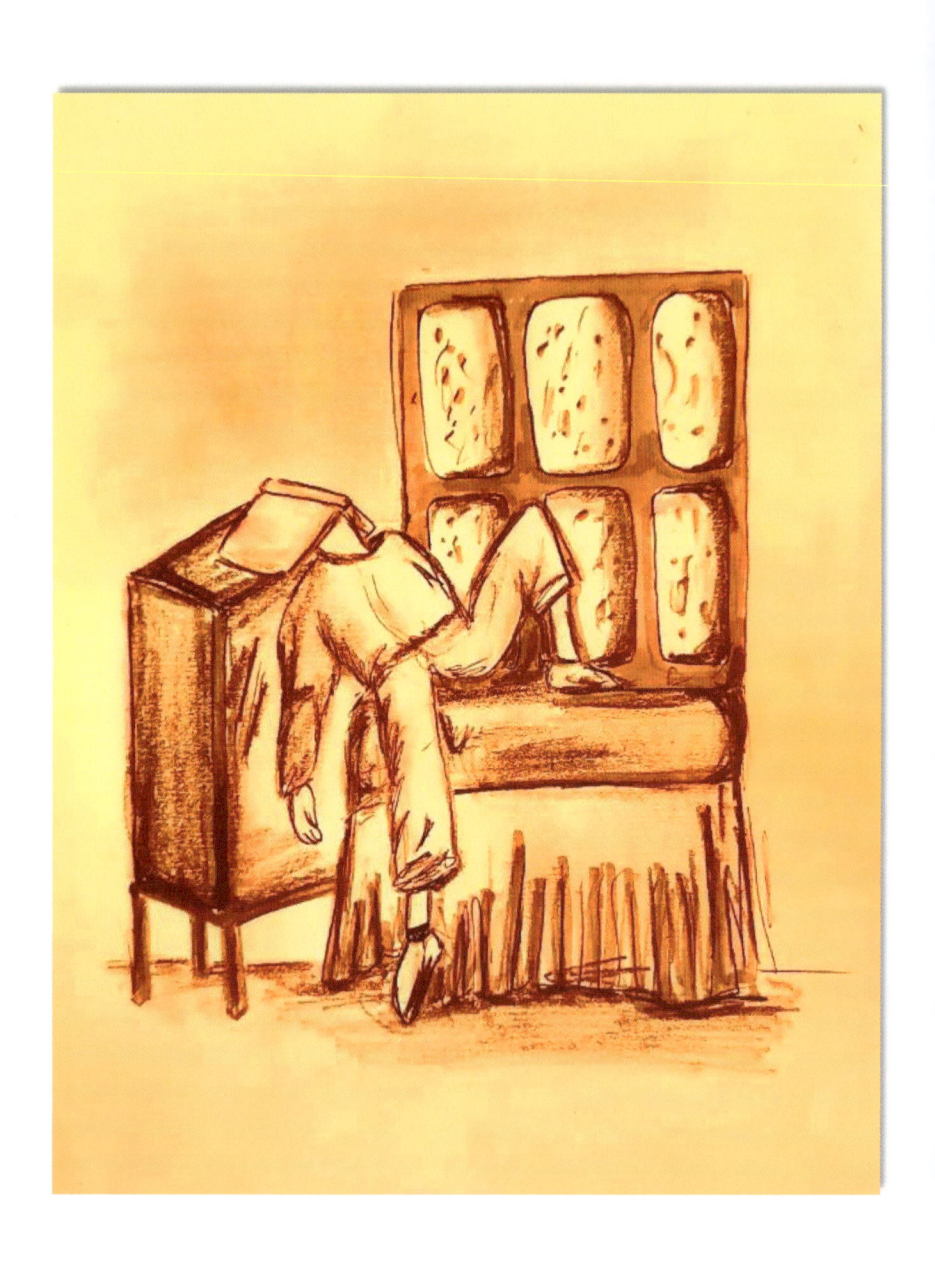

VULNERABILIDAD ELEGIDA

En un mundo de apariencias,

    donde todo el mundo esconde su esencia,

    en un mundo de palabras

    donde los sentimientos

    se esconden con prudencia,

    elegir amar a alguien,

    es como desarmar las defensas

    en un mundo de luchas eternas.

El corazón se expone sin protección,

    en el filo de lo agridulce y amargo.

Una apuesta arriesgada

    contra los muros que construimos por temor.

En un mundo donde es más fácil

    ocultar la emoción que darle valor.

Es un reto audaz,

    como bailar sobre un campo de cristales rotos,

    donde la elección de amar y ser vulnerable

    revela nuestros verdaderos sentimientos.

Es un acto de rebeldía contra las expectativas sociales,

    una oportunidad de buscar la verdad

        detrás de las máscaras que asfixian libertad.

En un mundo que valora las apariencias y el control,

    optar por el amor sincero,

        es un desafío con cuerpo y alma de acero.

Es sumergirse en el abismo de la autenticidad y la pasión.

Es encontrar el amor verdadero

    en medio de la falsa calma.

En un mundo donde la vulnerabilidad es temida,

    elegir amar profundamente

    es una elección atrevida.

Es romper las cadenas

    que nos mantienen cautivos y distantes,

    y abrazar la posibilidad de conexiones

    auténticas y vibrantes.

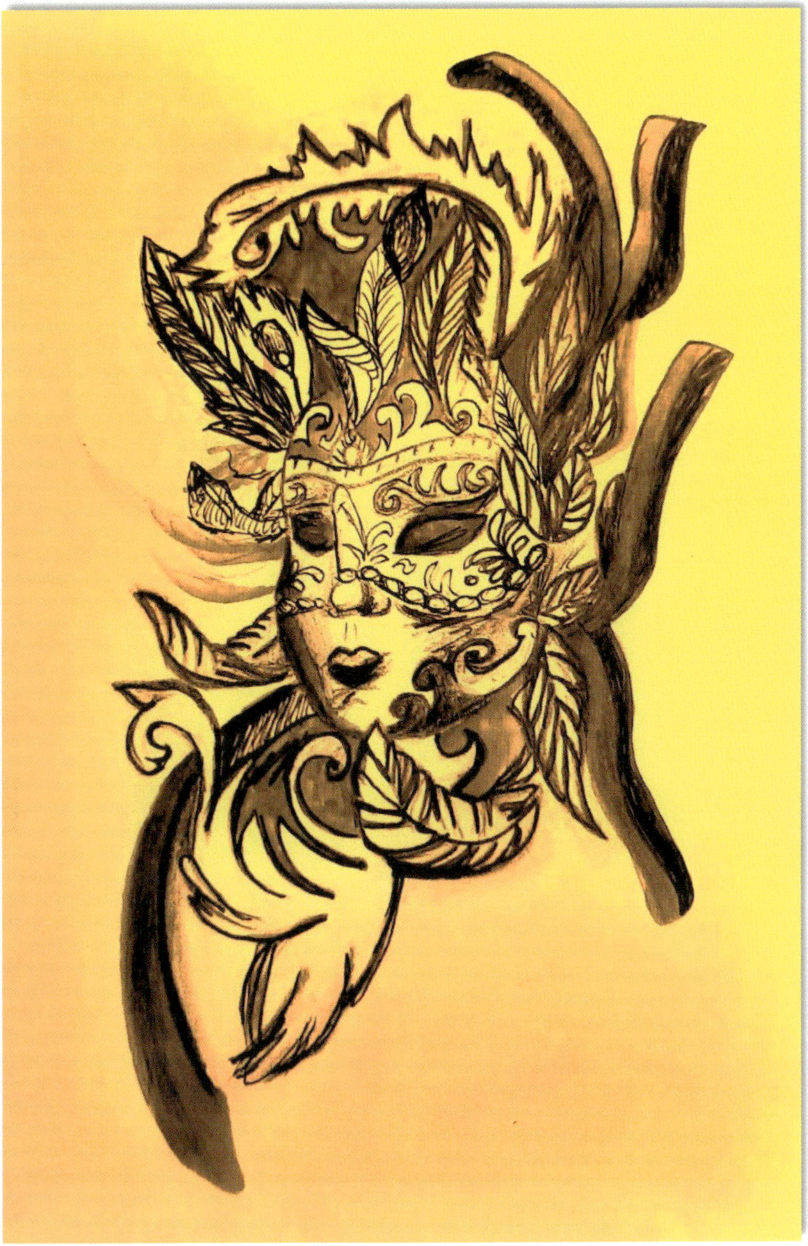

La nostalgia

Aquí estoy de nuevo, sentado en mi escritorio, con mi taza de té verde, mientras escucho música melancólica con aires nostálgicos.

En esta tarde tan tranquila, el silencio   acentúa   tu ausencia.

Cierro los ojos.

Me dejo llevar por las notas que fluyen suavemente por los cascos. En lugar de recordar momentos pasados, mi mente viaja hacia ti, amada mía.

Las sonatas me transportan a los momentos compartidos, a las conversaciones nocturnas y a las risas que eran la banda sonora de nuestras vidas.

La distancia que nos separa ahora es como un océano infranqueable y, a veces, la nostalgia se vuelve abrumadora. Pero, aunque estemos separados por millas, tu presencia sigue viva en mi corazón y en cada acorde de esta melodía.

Extraño tu sonrisa, tus cálidos abrazos y la forma en la que iluminas incluso los días más grises.

La nostalgia me recuerda cuánto significas para mí, y aunque desearía tenerte a mi lado, sé que nuestro amor es más fuerte que cualquier trecho.

Aquí estoy de nuevo, en mi rincón de reflexión, aferrándome a los recuerdos y anhelando el día en el que podamos escribir nuevos capítulos juntos, porque mi corazón siempre será tuyo.

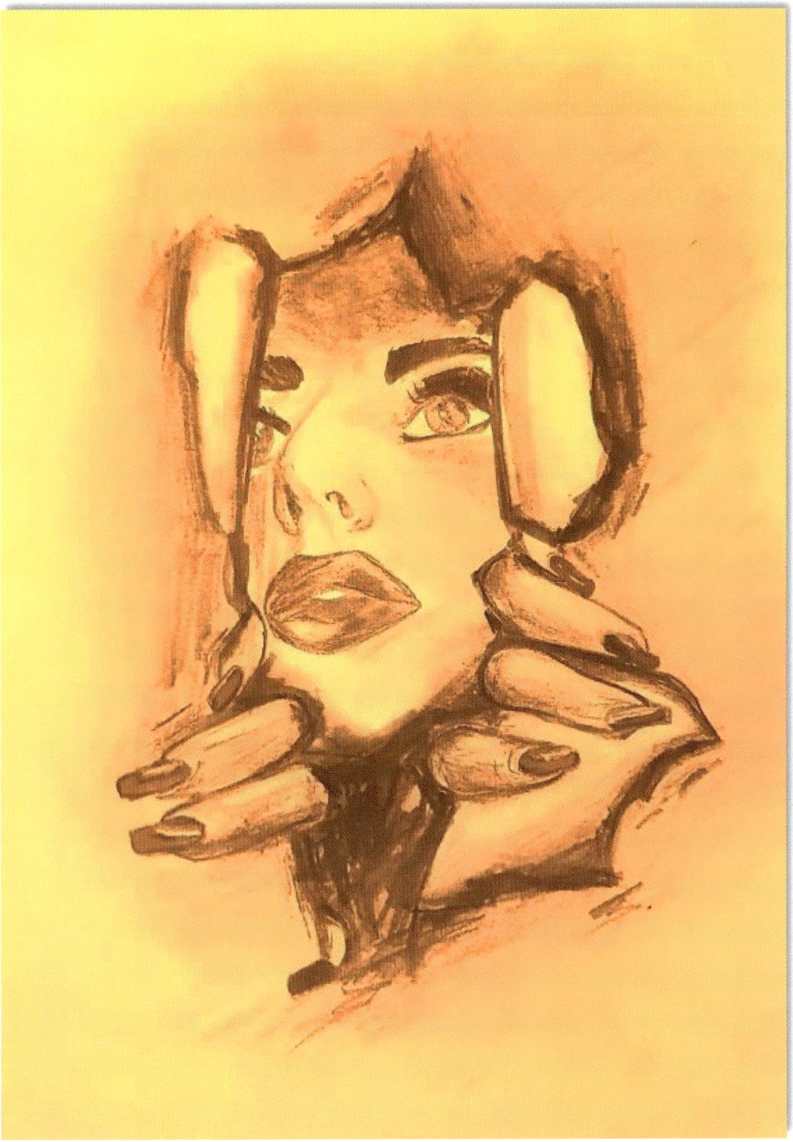

LA ALARMA DEL POETA

Todos tenemos dormido en nuestro interior a un poeta que no despierta con nada más que con la alarma del amor.

Hoy me encuentro escribiendo estas palabras con el corazón lleno de emoción.

Desde el momento en el que nuestros caminos se cruzaron,

> mi vida tomó un rumbo

> que ni en mis sueños más maravillosos

> habría imaginado.

Cada día contigo es un regalo, una sonata
que toca las fibras más sensibles de mi ser.

Cuando miro a tus ojos, encuentro la inspiración que ilumina mi mundo.

Tu sonrisa es la melodía que despierta a mi poeta interior y cada uno de tus gestos amorosos son una estrofa en el poema eterno que escribo para ti.

Sé que las palabras nunca podrán capturar la magnitud del amor que siento, así que, prefiero que sientas mi amor a través de cada latido de mi corazón.

Eres mi musa.

Eres mi razón para escribir.

Eres mi razón para amar más intensamente cada día.

Te amo con una intensidad que va más allá de las palabras, y estoy agradecido por cada momento que compartimos.

Espero que esta carta te haga sonreír y sepas apreciar cuánto significas para mí.

Con todo mi amor,

Elegant Death

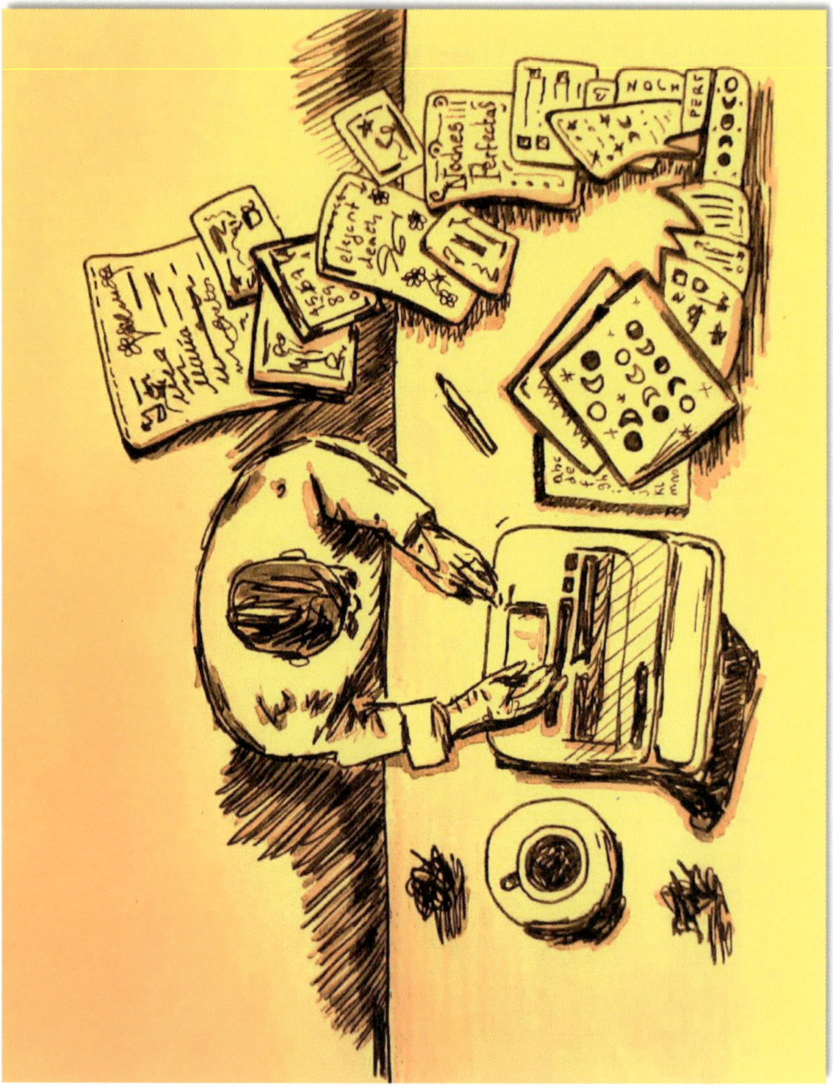

TÉCNICAS ARTÍSTICAS

Las ilustraciones de este libro han sido elaboradas con diferentes técnicas artísticas, siendo también distinto el tamaño[1] y la tonalidad de cada una de ellas.

Elegant Death quiere transmitir la sensación de calidez y armonía a través del tono anaranjado que envuelve cada ilustración. Por eso, cada dibujo en *Noches Perfectas* posee diversos matices y sombras acordes a la paleta de colores naranja.

Bella Luna	Lápiz de grafito [4H, HB, 8B] en papel normal A5
La dama del alba	Carboncillo en lápiz en papel normal A5
Melodías del alma	Acuarela y lápiz de grafito en papel A5 300 gr/m^2
Hola	Lápiz de grafito [8B] en papel normal A5
Mi bella flor	Lápiz de grafito [HB, 8B] en papel normal A4
Las obras de tu mirada	Carboncillo en lápiz y lápiz de grafito [8B] en papel normal A5
Noches vacías	Lápiz de grafito [8B] en papel normal A5
La perfección de mi amada	Carboncillo y lápiz de grafito [HB, 8B] en papel normal A4
Mi bella amada	Rotulador acuarelable y carboncillo en lápiz en papel normal A4
Abismo	Rotulador acuarelable y rotulador *fineliner* [0.8 mm] en papel normal A5
Retrato	Rotulador acuarelable y rotulador *fineliner* [0.8mm] en papel normal A5
Masoquista sentimental	Rotulador normal, lápiz de grafito [8B] y bolígrafo de gel en papel normal A5

---

[1] Tamaños medidas: A5 (14,8x21cm); A4 (21x29,7cm)

Huellas de deseo	Rotulador acuarelable y rotulador *fineliner* [0.4 mm] en papel normal A5
Marioneta	Bolígrafo de gel en papel normal A5
Amargos tragos	Carboncillo en lápiz y rotulador *fineliner* [0.4, 0.8 mm] en papel normal A5
Noches perfectas	Rotulador fineliner [0.8 mm] en papel normal A6
El beso de la muerte	Carboncillo en lápiz en papel normal A5
Entre la razón y el corazón	Bolígrafo de gel, rotulador acuarelable y *fineliner* [0.8 mm] y lápiz de grafito [HB] en papel normal A5
Amor eterno	Rotulador acuarelable y *fineliner* [0.8 mm] y lápiz de grafito [8B] en papel normal 15x11,5 cm
Noches silenciosas	Carboncillo en lápiz y rotulador acuarelable en papel normal 12x12 cm
Noches solitarias	Bolígrafo de gel y rotulador acuarelable en papel normal A5
Veneno placentero	Cera y lápiz de grafito [8B] en papel normal A5
Melancolía invernal	Rotulador acuarelable y rotulador *fineliner* [0.8 mm] en papel normal A5
Mirada preciosa	Bolígrafo de gel y rotulador acuarelable en papel normal A5
Entre el amor y el olvido	Carboncillo en lápiz y bolígrafo de gel en papel normal 12x12cm
Carta de amor a mi amada	Rotulador acuarelable y rotulador *fineliner* [0.8 mm] en papel normal A5
Marioneta del corazón	Bolígrafo de gel, rotulador *fineliner* y lápiz de grafito [HB] en papel normal A5
Marioneta de la razón	Cera, rotulador punta gruesa y *fineliner* [0.8 mm] en papel normal A5
Té de vainilla	Bolígrafo de gel y lápiz de grafito [8B] en papel normal A5

Tardes de verano	Bolígrafo de gel y carboncillo en lápiz en papel normal A5
Sonrisas robadas	Bolígrafo de gel, rotulador acuarelable y *fineliner* [0.8 mm] en papel normal A5
Lluvia de verano	Bolígrafo de gel, lápiz de grafito [2B] y rotulador punta gruesa en papel normal A5
Romance aromático	Lápiz de grafito [HB, 2B, 4B, 8B] en papel normal A4
Quasi una fantasia: Romance lunar	Cera y lápiz de grafito [2B, 4B, 8B] en papel normal A5
La lluvia y yo	Bolígrafo de gel, cera, rotulador acuarelable y *fineliner* [0.8 mm] en papel normal A5
Vulnerabilidad elegida	Bolígrafo de gel, lápiz de grafito [8B], rotulador acuarelable y rotulador *fineliner* [0.4, 0.8mm] en papel normal A5
La nostalgia	Carboncillo en lápiz y cera en papel normal A5
La alarma del poeta	Bolígrafo de gel y rotulador acuarelable en papel normal A5

AGRADECIMIENTOS

Queridos amigos Marcos y María,

Quiero expresar mi profunda gratitud hacia ambos por vuestro incondicional apoyo para la realización de este libro.

"MB", tu talento como editora e ilustradora han dado vida a cada página de manera que nunca hubiera imaginado. Tu atención a los detalles y tu pasión por todo lo creativo, han llevado a esta obra a otro nivel.

"Mark", tu apoyo incondicional y tu incansable insistencia para que publicara cada creación que te hacía leer, han sido la piedra sobre la que se ha construido este viaje. Tus palabras de ánimo y tu compromiso constante han sido fuente inagotable de motivación para mí en cada etapa del camino.

Los dos habéis sido mucho más que colaboradores. Habéis sido verdaderos compañeros de equipo, compartiendo mi visión y comprometiéndoos plenamente en la realización de esta pieza.

Este libro no habría sido posible sin vuestra dedicación, talento y amistad.

Con mucho amor, vuestro amigo,

Elegant Death

En esta edición se empleó papel blanco 90 gr/m². Se han utilizado los tipos *Segoe UI Symbol* en el cuerpo 9 y *Calisto MT* en los cuerpos 7, 8, 9, 10 y 11. Color Pantone 1205 U.

Noches Perfectas

de

Elegant Death

Edición Especial 2024 | Editores independientes

●●◐◖◯○

Printed in Poland
by Amazon Fulfillment
Poland Sp. z o.o., Wrocław